PAS D’ICI

Espérance Garçonnat

PAS D'ICI

Rivages

Retrouvez l'ensemble des parutions
des Éditions Payot & Rivages sur

éditions-rivages.fr

Collection dirigée par Émilie Colombani

Pour M., son bleu, ses ailleurs.

Pour Gabi.

Merci à Mathieu F., Apip, ces souvenirs d'Afrique qui sont les siens.

« que les détours sont nécessaires
qu'il faut esquiver l'ordre des choses
qu'au bout il y a dehors
demain
dedans »

Thomas VINAU, *Juste après la pluie*

1.

J'ai longtemps porté un nom dont je n'ai plus le souvenir. Mon indolence, si j'ai tenté de la laisser loin de moi, avec le temps sans doute si long qui a passé depuis, s'est naturellement imposée à ma mémoire débordante. Aujourd'hui, s'il m'arrive de chercher, de remuer un peu davantage le limon de mes souvenirs, je trouve un sable fin et chaud qui coule entre mes doigts, inutile, léger, et qui s'évade, fugitif, au moindre souffle d'air. Je suis devenu ce vieil Africain de mes voyages.

Je suis tombé de ma vie comme d'autres tombent en se tordant la cheville. Je ne saurais dire ce qui m'a mené si loin de tout. Ni pourquoi il fut décidé que je m'en sortirais quand même. Sans doute parce que les pivots entre un avant et un après finissent par casser, sans doute parce qu'il faut, dit-on, que la vie se poursuive, bientôt, sans même que j'en formule la demande, on me nomma de ce drôle de nom qu'aucune mère ne donna jamais à son fils, celui de Pezzettino.

Pezzettino, on ne peut pas dire que ce soit vraiment moi, ni même celui qui vous parle, ce sont ces mots qui s'écrivent et continueront de le faire aussi longtemps qu'ils en sentiront la nécessité, ou le désir ; c'est cette mémoire tranquille de tout ce que celle des hommes ordinaires contient, les lumières fanées, les choix malheureux, les chagrins inconsolables ; estimons que Pezzettino, aujourd'hui, ce n'est rien d'autre que ce verre qu'on m'apporte sur l'une des souches centenaires utilisées en guise de tables au café d'Armando : cela fait trente ans maintenant, m'a-t-on dit, qu'elles ont été chargées dans son camion beige, devant les yeux sceptiques d'un bûcheron du sud de l'île.

Ceux que j'ai croisés, presque connus, où sont-ils ? Que deviendront-ils sans que je l'apprenne jamais ? J'ai eu mon lot de souvenirs. J'ai décidé de ne plus en avoir. Je ne lutterai plus pour leur survie. Mes rêves et mes couleurs ne devraient plus avoir tant d'importance, et c'est contre leurs visages qui, éclatants, se retournent trop brusquement vers moi que Pezzettino s'est saisi de mes rides, de mon sourire de travers, de ma démarche de clown en fin de carrière : je ne me reconnais pas en lui, et c'est pour ça que je m'y plais.

La Place s'ouvre par un vieil escalier de pierre en demi-cercle, presque un théâtre antique qui descend dans un large mouvement à un terre-plein ombragé. En face, il y a le café, ces quelques tables de bois rassemblées autour d'une porte ouverte, cette petite bâtisse blanche qui marque le début et la fin du village et lui tient lieu de garde-fou. Derrière elle, ce ne sont que terrains impraticables, routes cahoteuses, champs déserts à perte de vue. Les visiteurs sont rares. Les propriétaires ne vendent jamais leurs terres. Personne, ici, n'a le sens des affaires, le sens de l'argent. Le grand œil insomniaque du café surveille l'horizon, et signale, à quiconque s'y intéresse, l'emplacement du village.

« Pezzettino ! »

Chaque arbre qui a poussé sur cette place appartient à une espèce dont on ne cherche pas à connaître le nom. On y lit presque le sillage des mains des enfants lorsqu'ils les font glisser autour des troncs pour assurer la course de leurs jeux. La poussière s'y soulève, puis retombe, et tout revient à son état premier. Lors de la sortie dominicale de la chapelle Via Renetto – les souliers longuement frottés d'une graisse trouble et collante, le parfum vieilli dans les rides du cou, la veste noire vérifiée plusieurs fois depuis le début du jour dans le miroir d'une chambre sombre, une fois les cloches sonnées, sans rien trouver à redire, nous nous confondons tous inexorablement dans sa terre parfumée. J'aime cette Place pour son odeur d'enfance qui ne me rappelle pas la mienne. Dans ce verre qu'Armando m'apporte sans que j'aie à le lui demander, c'est chaque fois l'éclat du jour qui prend un premier bain, et qui rechigne à me laisser voir mon reflet dans ses vaguelettes. C'est souvent la même boisson qu'on me sert, elle change parfois de couleur, jaune pâle, rose ambré comme un soleil qui se lève, orange, comme ces pierres tombées de la montagne.

« Pezzettino ! »

On m'a ramassé un soir sur un trottoir vide, comme une savate dont il manque la paire et qui n'intéresse plus personne. On a recousu mes trous de ce nom-là avec le morceau de fil, de corde ou de caoutchouc qui restait dans les tiroirs. C'est minuscule ici, et les intérieurs n'ont rien à offrir. Le seul, à ma connaissance, qui tiendrait à sa richesse, serait celui de Lucio, mais peu de gens ont déjà eu le privilège d'une visite. Et si cela est arrivé, ils ne se sont, sans doute, aperçus de rien.

À force de rester sur la Place avec cette dernière gorgée dans mon verre que je laisse à Manuela, si elle me rejoint, le plaisir de terminer, à force de deviner les va-et-vient que la journée dessinera sur sa poussière, je crois que mes yeux ont fini par se plisser à la manière des vieux natifs de l'île parmi lesquels je rêvais et rêve encore de me fondre. Un jour, peut-être, nous ne ferons plus qu'un, la différence aura cédé sa place. Moi qui me croyais à jamais venu de trop loin et de nulle part, je vois malgré moi Pezzettino grandir, assis là, et dans les jeux de lumière de ce verre sur lequel tant d'autres que moi ont déjà posé leurs lèvres, la silhouette digne et consolante de Lucio qui s'avance entre les grands arbres.

« Pezzettino ! »

C'est lui qui pour une troisième fois m'appelle par ce nom que j'ai fini par reconnaître comme mien, et l'écho claquant de ces quatre syllabes le long des immeubles aux volets mi-clos me rassure, m'apaise sans compromis, et m'inspire une certitude tant et tant attendue : celle de n'être jamais plus celui que j'ai été. Mes matins d'automnes trop brusques, cela n'existe plus, ni le givre qui crépite sur les rails au passage des trains, trop tôt le matin, coincé dans ces nuits qui ne se réveillaient pas.

2.

Il arrive, chaque jour, le col de sa chemise dégagé, ses mocassins usés, la toile épaisse de ses jeans presque noirs, sa barbe rèche, comme un gribouillage de peinture répandu par un artiste rageur. Il tire à lui d'une main ferme mais tranquille – ferme et tranquille, n'est-ce pas cela, exactement, qui frappe chez lui la première fois ? – le tabouret sur lequel personne d'autre que lui ne s'installe, et j'imagine Armando, chaque matin, disposant seul ses tables sur la terrasse, à nous attendre.

Un temps. Un sourire doux, espiègle et généreux qui n'hésiterait pas à déborder du visage s'il le pouvait, des gestes amples, décidés, d'une assurance souveraine. Pourtant, Dieu sait l'impatience légendaire de Lucio.

– *Buongiorno, ragazzi*, dit-il seulement de sa voix grave.

Ça commence toujours comme ça.

Mes souvenirs à moi ne remontent pas, comme disent habituellement ceux qui parlent des leurs. Ils s'agrippent à moi, se confondent à ma peau comme des lichens que je ne remarque plus. Je parvenais, jadis, à croire en certaines choses. J'ai oublié mes croyances. Peut-être quelque part en moi sont-elles encore intactes. Pour quoi faire ? Le rythme inchangé que prend ici la vie fait dissoudre la nostalgie et les regrets, vide la cendre des cœurs, cette poudre étrange de vesse-de-loup. Comment imaginer que le temps suspendu de la Place et de ses matins ose briser sa course, ou que Fermagina s'étende un jour au-delà du café d'Armando, qui ne serait plus alors qu'une maison blanche comme une autre ? Quand ils ne seront plus là, Lucio, Armando, les enfants, les pêcheurs et les autres, eh bien c'est que tout cela n'aura été qu'un rêve, qu'il ne me sera plus possible de raconter.

Depuis son arrivée, Lucio observe, encore une fois, avec une moue irritée, le coin d'une bâche qui empiète sur le toit des immeubles d'en face.

– Et tu crois, toi, qu'ils lèveraient le petit doigt pour aller réparer leur merde de fuite ? Il a rien à faire là, ce bout de plastique. Et ça les gêne pas, non, ils pourraient laisser ça là des années… Moi, si je m'y étais pris dès le début, il m'aurait pas fallu deux heures, *deux heures*, c'est rien à faire ce genre de choses, qu'est-ce que tu crois ? Maintenant c'est foutu, c'est trop tard, et ça va leur coûter un bras. Ce sont des incapables, tiens, faut pas s'attendre à des prouesses… C'est pourtant pas faute d'en avoir parlé des heures avec Giancarlo. Figure-toi qu'il a un neveu, jeune, en pleine forme : j'ai pensé qu'il pourrait lui donner un coup de main, ce petit con. Tu parles, soi-disant malin, bricoleur, ayant fait ça cent fois… Dès que je l'ai vu arriver, j'ai tout de suite compris qu'il saurait pas s'y prendre. Con comme une valise sans les poignées, et fainéant avec ça, pas capable de découper proprement sa laine de verre ou d'aligner trois tuiles. Il a fait le boulot comme un porc. Et le pire, tu sais ce que c'est ? Reste bien assis, parce que, moi, ça m'a cloué. Il a osé demander deux cents balles au vieux pour le déplacement et le temps de réparation, à son oncle, son *oncle* ! Tu mesures ?

Quand Lucio s'étonne, quand Lucio n'en revient pas, sa voix se perd dans des octaves trop hautes pour celles que lui a données la nature, il n'a plus de souffle mais s'accroche comme un forcené à ce qu'il a à dire, sans paraître se soucier du manque d'air, jusqu'au bout de sa phrase qu'il achève de justesse.

– La vérité, t'en penseras ce que tu voudras, c'est qu'il n'y a que moi maintenant qui pourrais le faire correctement. Je sais bien que si on se bouge pas un peu, on peut rester là jusqu'à la fin du monde. J'ai plus l'âge de faire le malin sur les toits, tu penses pas ? J'ai déjà donné… Et je vais devoir m'y remettre.

Lucio frotte le sol du bout de sa chaussure et se penche vers ses genoux pour y poser ses avant-bras.

– Ça m'énerve, *tu peux pas savoir* !

Si quelque chose le contrarie ou que la fortune ne tourne pas de son côté, s'il n'est pas d'accord, si l'absurdité l'empêche de comprendre les raisons et les causes, s'il ne conçoit pas qu'on puisse faire autrement, Lucio peut rentrer dans une colère vive, il s'agite, il se révolte, puis finit toujours par conclure, sans changer de ton ni d'avis, sans s'être calmé ou avoir retrouvé un bon sens qu'il n'a pas : « Après tout, moi, tu sais, je m'en fous. »

Il se redresse et tire sur sa moitié de cigare. La journée, Lucio fume toujours des moitiés, voire des quarts de cigare qu'il fend d'un geste sec et précis à l'aide d'une petite guillotine noire, toujours perdue quelque part au fond d'une poche. Les jours de colère où rien ne va dans le bon sens, où toutes ces erreurs se mettent à devenir les siennes, il n'y a rien d'autre qu'un cigare pour ne pas empirer les choses.

– Bon. Je vais aller jeter un œil. Le Giancarlo est chez lui, je vois sa fenêtre ouverte. Je finis ça et on y va. Tu me donneras ton avis, tu me diras si j'ai pas raison.

Il y a trois mois, à la suite du neveu parti sans oublier de demander son reste, Lucio avait déjà tenté de réparer la fuite de Giancarlo. Lucio sait toujours les risques qu'il court – ou plutôt ceux que les autres courraient s'ils étaient à sa place – et s'en fiche pas mal. « De quoi t'as peur ? » demande-t-il toujours à celui qu'il surprend à hésiter. Combien de fois l'ai-je ainsi entendu affirmer, le menton haut et la connaissance de soi certaine : « Moi, j'ai pas peur de prendre des coups. *Non ho paura di fare a cazzotti.* » À l'entendre, il ne doit qu'à la ruse, qu'à la détermination et au travail, ses grandes et ses petites victoires devant un monde trop souvent tourné contre ses intérêts et sa conception de l'existence. Lucio, tu te trouves toujours des montagnes à gravir et des châteaux à sauver des flammes. Est-ce une façon pour toi de te prouver que tu es encore en vie autant que tu le fus, il y a longtemps, et qu'il y a encore dans le monde de quoi laisser ta trace, de quoi combler un furtif mais profond désir jamais avoué de reconnaissance et d'immortalité ? C'est ainsi qu'un matin, entre le récit d'une aventure de la veille et un rire essoufflé, comme s'il ne s'agissait de rien d'autre qu'un détail, sans crier gare, il crut bon de m'informer : « Tu as failli me perdre, tu sais. »

Le jour de la chute de Lucio, je n'étais pas là pour voir l'échelle vaciller, entendre son appel, lui porter secours. C'est lui-même qui me raconta porter la main à son menton et à sa tempe ensanglantée avec l'exaspération de celui qui pose le pied dans une crotte, avec un certain étonnement aussi, comme si tout cela arrivait à un autre que lui, puis s'obliger, avant de perdre connaissance, à trouver assez de force pour combler les quelques pas qui le séparaient du hall de l'immeuble d'où une voisine avait appelé les secours. Il décrivait ça comme d'autres relatent une panne d'essence sur le bord d'un trottoir. Un soir encore frais de fin d'hiver, à l'heure de la sortie d'école, une civière a donc fait son apparition sur la Place sous les cris des enfants. Il paraît que Lucio était trop bien tombé pour que ce soit vraiment grave. Il avait été vite soigné, et moi, je n'ai jamais très bien compris si j'avais réellement failli le perdre, ou si ce n'était là qu'une de ses histoires noyées de parures au détour desquelles il assouvissait son amour des contes et des légendes, son besoin de dire, de peindre et d'orner le plus commun des quotidiens. Ainsi, pour rien, parce que ces mots m'avaient impressionné, parce que j'avais mis un certain temps à comprendre ce qu'ils voulaient dire, comme une sentence que l'on se remémore le regard perdu à scruter le vague, il ne s'est pas écoulé un jour, me semble-t-il, sans que la voix de Lucio me prévienne une nouvelle fois : « Tu as failli me perdre, tu sais. »

Depuis l'accident, le toit de Giancarlo est devenu une obsession, Lucio ne pense qu'à ça, à ces quatre ou cinq tuiles mal placées et à cette ouverture mal calfeutrée qui passeront évidemment un nouvel hiver toujours moins rude que le précédent, mais ça ne m'empêche pas de l'écouter, chaque matin, me raconter les ruines, la poussière et les fêlures, les petits cons et les vieux incapables, tout ce qui pour moi n'a pas tant d'importance, mais qui pour lui semble révélateur de bien des vérités et fait sursauter un je-ne-sais-quoi du sens du devoir, du goût des choses bien faites, du mépris de la médiocrité et de la négligence ; « Je ne renonce à rien », ne manque-t-il pas de signaler, en verdict ou en avertissement. Et je souris d'un sourire qu'il croit moqueur. Il ne sait pas qu'en secret, sans le vouloir, sans même m'en rendre compte, par un vieil automatisme qui continue de trouver sa place en moi, j'élabore des plans, je signe des contrats, j'affrète des navires et je suis prêt à me rendre sur place pour résoudre le problème de l'acheminement des tuiles neuves jusqu'au village.

3.

Dans Fermagina, on s'active dans les restes d'ombre, sans bruit, on se hasarde hors des murs des maisons, un geste de la main ou une inclinaison de la tête suffisent à se saluer. Un mouvement plus vif ou un échange trop animé risquerait d'abîmer une fraîcheur trop précieuse en cette saison.

On ne se demande pas comment on va. On se connaît trop bien pour ça. On se devine des pieds à la tête. Si on a des problèmes, on les raconte sans détour ou les autres en parlent pour nous. Une tasse d'Armando dans la main, les yeux jaunis des plus vieux hommes et la peau épaisse et sinueuse prématurément ridée des autres en disent bien plus long que toutes les politesses d'usage. On se confie, on se regarde, on commente la vie et on s'étonne de si mal la connaître, d'en être encore surpris, même ici, où il ne se passe rien. Seuls les rares enfants qui ne sont ni dans les bras ni à l'école ont déjà le droit de courir dans les rues. On murmure. Aucune voix ne s'élève, rien ne couvre les cymbales des cigales au-dessus de nos têtes.

Après les plaintes, les reproches et les remontrances, ce sont les nouvelles, celles de la journée qui commence ou de la veille encore proche. Les souvenirs ne vont pas plus loin, les projets ne s'étendent pas au-delà de vingt-quatre heures. Sur la Place, les allées et venues des femmes sorties du lit, leur volonté sous le bras, leur air décidé vers on ne sait quelle affaire, leurs regards que les plaisanteries tant attendues de la gouaille de Lucio ne manquent pas de fleurir. Ceux qui ne travaillent pas en ville sortent prendre l'air après leurs premières activités de la journée – préparer les enfants pour l'école, débarrasser la cuisine, redresser la branche d'un arbre, remplir un formulaire ou fumer à l'ombre, puis arracher quelques mauvaises herbes ou récolter quelques aromates pour le repas de midi. Certains groupes reviennent du port et comparent leurs achats du jour. Les vieilles sont déjà assises devant leur porte. Le bus des plus grands est déjà parti au collège. Certains volets ne sont pas ouverts, et l'on y devine une nuit qui n'est pas encore achevée. Comment apprendre à vivre ici ? Je n'ai ni l'habitude du silence ni celle de la tranquillité.

Le village, ce n'est pas seulement la Place, mais c'est tout comme. Les sons de toutes les rues s'y retrouvent et s'y perdent en affluents dans un estuaire. Il ne se passe pas un jour sans que chacun la traverse, avec ou sans autre raison que celle de la saluer, de la voir, d'y faire halte, ne serait-ce qu'un instant. Les uns et les autres s'attardent progressivement autour des souches d'Armando. Secrètement, entre deux conversations, je crois que nous avons tous déjà joué au jeu de celui qui, scrutant un pan de mur ou l'ombre d'une branche au-dessus de nos tables, parviendra le premier à saisir des yeux la course du soleil. Et au tournant d'une réplique, soudain, le voilà, celui que je guette, un vent qui se lève, une balle qui rebondit tout d'abord, puis un cor de chasse, une bourrasque un peu trop soudaine qui fait claquer une grand-voile mal tendue : Lucio rit trop fort, son rire résonne et prend au dépourvu, on se retourne pour savoir d'où il vient quand bien même sait-on depuis longtemps le reconnaître. Lucio rit de rien, de presque tout, avec une sincérité égale, que ce soit drôle pour de vrai, seulement amusant, ou même un peu raté. Un gosse, me dis-je, et j'envie ce rire qui ne fait pas semblant.

*

Comment me souvenir de ce que je suis venu chercher ? L'ai-je oublié ou bien, comme tant d'autres, ne l'ai-je tout simplement jamais su ? Je ne veux plus savoir ce qui m'a conduit ici, même si ce voyage devait être le dernier. Plutôt que d'en comprendre les raisons, je préfère sentir sous mes doigts le verre froid qui se réchauffe : bien mieux que moi, les autres savent et ignorent à ma place. Je n'attends donc rien de ce matin, qui à peu de choses, à si peu de choses près, reviendra demain semblable à lui-même. Je cherche maintenant à demeurer le plus immobile possible à l'intérieur de moi au risque d'y faire déborder un récipient trop plein. J'ignore l'âge du village, les détails de son passé, la superficie de son île. Dorénavant, les lendemains sont sûrs et c'est tant de choses déjà.

En somme, je me suis trouvé là où je n'avais rien à faire. C'est souvent ainsi que les choses se passent. Je cherche des repères que je ne trouve plus, tout échoués qu'ils sont aux quatre coins du monde. Je ne sais pas pour combien de temps je suis ici. Je n'ai plus de projets. Je suis le seul à décider. J'ai porté un nom comme une cravate serrée trop fort, une laisse dont le maître demeure invisible à l'autre extrémité. J'ai eu une vie, comme on dit, bien sûr, quelque part, de vieilles photos d'un début de jeunesse pâle et transparente doivent être rangées entre des livres ou des porte-revues ; quelque part dans une mairie de village doit rester un registre, un certificat inutilement conservé, un feuillet signé un matin par un homme disparu depuis longtemps. Là-bas, certainement, se souvient-on encore de moi. Peut-être même mon nom court-il encore les rues.

Un début qui tourne en rond. La silhouette entraperçue, un matin sur un carrefour, de son cœur qui se fait la malle sans nous. On peut vivre longtemps à la périphérie de soi-même, à la circonférence de ses rêves. Je me souviens de tout et j'aimerais changer de sujet. J'aurais aimé que Fermagina s'explique d'elle-même, que ma fuite et mon oubli soient complets dans leur silence. Je voudrais que ce dessin à l'encre s'efface, au creux de ma paume. « Petit morceau », à cause de mon accent, à cause de tous les endroits d'où je viens, du tout petit espace que j'occupe dans la vie. Une pierre calleuse qui s'agrippe de son mieux à une motte de terre rouge.

« Pezzettino ! »

Je suis ici tout à fait par hasard. On m'a pourtant appris qu'il ne fallait rien laisser au hasard. J'aurais pu me bander les yeux et poser un doigt sur une carte, je n'en aurais pas moins avancé à l'aveuglette. La fortune n'est pas mauvaise joueuse. Avais-je déjà entendu le nom de Fermagina de la bouche d'un associé, sur les petites cartes du monde que l'on trouve dans les dépliants d'avion, au cours d'une émission télévisée, dans la télé d'une gargote de Brazzaville ? J'ai marché des pays entiers pour te trouver, Fermagina. Tu seras le fond que je toucherai. J'ai rempli ma vie d'argent et de jours plus longs que les autres. J'aurais pu continuer longtemps si l'on ne m'avait pas fermé les portes des aéroports d'Afrique et bouché le nez de son odeur, partout là-bas, l'odeur moite de la sueur des hommes. À jouer à se perdre entre les rues des villes toujours plus lointaines, toujours plus étonnantes, toujours plus étrangères, ce fut finalement en ignorant tout du lieu où je me trouvais que germa, timide et imprévu, le sentiment du quelque part. Une île, c'est si commode, c'est si galvaudé, ça n'offre pas beaucoup d'avenir pour une histoire.

Tous mes départs portaient leur propre couleur. En me les remémorant, je parvenais à distinguer le visage que j'avais alors, les affaires qui occupaient mes bagages, mes heures de départ et d'arrivée, et jusqu'aux livres qui m'avaient accompagné et que je laissais, intacts, sur mes tables de nuit. Le départ pour Fermagina avait les yeux fragiles et monstrueux des oisillons cherchant leur mère. Je n'espérais rien : je partais. La voix de mes insomnies me susurrait qu'une fois encore, je ne faisais que me sauver. Je ne savais pas faire grand-chose d'autre. Je ne savais prendre soin de personne.

J'ai longtemps occupé mes heures creuses à me souvenir – des antichambres des ministères remplies de canapés en skaï, du soda à l'orange sifflé en guise d'apéritif devant la case d'un planteur de cacao, à une heure de Douala, du goût des ananas en pain de sucre et des écrevisses qui sortaient de l'eau, servies dans de grandes assiettes en étain dans une sorte de restaurant hangar à Maputo. Bientôt, je ne fus que cela, un ramassis de souvenirs ressassés et rongés jusqu'à l'os. Je m'efforce encore de me remémorer les deux seuls mots de wolof que j'aie jamais retenus – *nanga def, mangi fi* – comme le goût sur le palais que laissent les dernières bouchées du repas. Oui, j'ai porté un nom qui depuis, dans un mouvement trop brusque, s'est déchiré entre les deux épaules. Les manches tombent par terre. Il ne reste qu'une poupée de chiffon. Rien ne sert de partir à ma recherche ; c'est moi qui certainement, selon une punition bien méritée, serai rattrapé dans ma course, et les joueurs de mon destin auront quitté la table.

Je laisse mes fenêtres ouvertes sur une nuit noire et blanche. Là-bas, d'où je suis parti, dans mon studio sur l'avenue, les nuits sont rouges de la lumière de la ville, les étoiles n'existent plus, et l'aube a honte de se lever dans cette rivale pour citadins. Le roulement des galets et l'odeur du café ont fauché le diable posé sur mon épaule. Trempé d'une sueur glacée, empêtré dans des draps collants, le monstre a beau tenter de me rappeler que j'aurais dû vivre et mourir là-bas, que cette petite chambre aux murs chaulés, au parfum de soleil sableux et de savonnette blanche, tout cela n'est que le refuge éphémère d'un déserteur du destin, elle doit se résoudre à baisser les armes. J'aurais beau être attentif, j'aurais beau m'appliquer à essayer d'écouter ce qu'il a encore à me dire, je peine maintenant à entendre quoi que ce soit d'autre que le bruit mat et feutré d'un grand coquillage vide.

4.

On n'oublie pas le premier visage que nous offre un amour naissant. Je suis entré dans Fermagina par l'escalier en amphithéâtre de la Place, un sac de voyage à la main. Un ciel mauve me saluait. Il glissait en lourdes gouttes sur les façades. Quelques silhouettes bavardaient au seuil des portes. J'eus le sentiment que ces sentinelles aux visages troubles m'attendaient depuis toujours et reconnaissaient, elles aussi, cette ombre immobile au bagage bien léger. Pezzettino du puzzle de la Place.

J'ai fait mon premier pas en bas d'une marche dont bientôt chaque fêlure, chaque accroc me deviendraient aussi familiers qu'une ligne de ma main. Les jeux des enfants s'achevaient en silence, les dernières cigarettes murmuraient, on pliait quelque part des draps encore tièdes du feu de la journée.

Dans Fermagina, les pas résonnent en silence, et ce vieillard qui avance les mains dans le dos, ce chat qui frôle les murs et vous jette un regard plein de stupeur, l'épicerie à l'intérieur sombre et tout en longueur où l'on vient acheter ce qu'on ne trouve pas soi-même, tout cela y est depuis toujours et toujours il en ira ainsi ; rien, ni le temps qui passe ni la vie qui va plus vite ailleurs n'est jamais parvenu à venir à bout de ses traits d'enfant, et moi aussi, fils du bruit, de la vitesse et des écharpes humides, si je n'y avais pas trempé mes lèvres, je la jugerais trop facile et trop simple, mais il faut vous mettre à la place de cet homme qui suit comme un égaré cette femme à l'odeur de vieille armoire, cette logeuse qui s'est présentée à lui à son arrivée et qui le prend peut-être pour un autre, il l'accompagne dans un dédale de rues en pente légère, il doute de parvenir à se remémorer seul le chemin, mais il lui plaît de ne pas encore retenir la route de l'endroit où elle le mène.

Elle marche d'un pas sûr et se retourne de temps en temps pour vérifier que je suis toujours là. Par un signe du bras et de la main qu'elle exécute de temps en temps droit devant elle en répétant les mots d'un dialecte que je ne connais pas, elle cherche peut-être à me faire comprendre que nous ne sommes plus très loin. J'approuve son geste d'un hochement de tête. Nous croisons des couples, des femmes qui saluent à leur fenêtre et des hommes qui fument en montant et descendant les rues. Elle les connaît tous. Ils se retournent à notre passage.

En haut d'une ruelle, je la vois fouiller dans sa poche et tirer un trousseau de clés, puis s'arrêter devant le porche d'un bâtiment moins élevé que les autres, presque aussi bas qu'une maison, avec de petites fenêtres et des volets gris. Le hall est un parfait carré au plafond haut. Une porte à droite et, courant le long du mur, un couloir qui mène dans l'ombre. Devant nous, un escalier de pierre avec une rampe dont le fer dessine des cœurs, à l'endroit, à l'envers. Ma logeuse me fait comprendre qu'elle occupe ce rez-de-chaussée. La concierge ? La maison ne doit pas compter plus de deux ou trois étages. Peut-être sommes-nous tout simplement chez elle.

Le carrelage semble dessiner un motif qu'on ne doit lire qu'en se penchant après quelques marches. Nous prenons l'escalier et n'allons pas plus loin que le premier étage. Il n'y a qu'une seule porte, déjà entrouverte, sur le petit palier. Je la suis dans une pièce aux rideaux tirés que le vent soulève. Elle s'empresse de refermer la porte derrière nous pour briser l'élan du courant d'air. Un grand lit dans un coin, une commode, un tapis râpé, de petites alcôves dans le mur où sont posés des livres, quelques objets, un miroir, une statuette, un réveil qui ne fonctionne plus. De l'autre côté d'une voûte creusée dans le mur, une petite cuisine, une table couverte d'une toile cirée, un Frigidaire aux coins arrondis, un carrelage rouge et blanc. Un évier en pierre sur lequel je passe ma main. Il flotte une odeur de lavande, de plâtre et d'eau de Javel. Derrière une porte, une baignoire et un bidet. Des serviettes pliées. Des fleurs dans un vase. Des perles en bois qui pendent à la minuscule fenêtre, et un petit tableau à la peinture épaisse. Elle m'indique les toilettes au bout du palier.

Dans la cuisine, elle griffonne quelque chose sur un calepin à nouveau tiré de sa poche. Je comprends qu'elle y détaille la somme du loyer, que le ménage dont elle se chargera est compris dans le prix. Sur une autre feuille, elle me dessine un plan, et troue presque la feuille à force de repasser sur la croix censée marquer notre emplacement. Elle ajoute un S pour *supermercato*, un P pour *panificio*, un F pour *farmacia*, et un ovale allongé… pour la Place ? Sur un dernier feuillet, elle m'écrit son nom en lettres majuscules – RUFFI – et son numéro de téléphone. Elle l'accroche sur le frigo. Elle ouvre ensuite les portes des placards pour me montrer les quelques provisions qu'elle a prévues pour mon premier soir. Elle reste un instant silencieuse, cherche ce qu'elle aurait oublié de me dire, puis s'excuse, elle n'a pas de carte des environs, mais que je vienne un peu la rejoindre sur le bord de la fenêtre, l'écouter baisser la voix sur un ton de confidence, pointer à nouveau son doigt de l'autre côté du jardin et d'un air complice, me murmurer :

– *Laggiù… Guarda. Il mare.*

Avant de me quitter, elle me laisse sur la table trois tomates biscornues et me tend un sachet d'olives noires, brillantes et ridées, comme des perles de quartz.

*

Il y a des vérités que je peux énumérer ; elles sont mon texte de théâtre. J'ai passé mes jours dans des costumes bleu nuit et des cravates piquées de bordeaux, mes mois d'août et mes veilles de nouvel an à tenir des réunions au volant de ma voiture automatique, mes week-ends à essayer d'être quelqu'un de mieux.

On m'appelait *monsieur*, *sir* ou, parfois, en wolof, *góor*. On me transmettait des appels urgents. On n'avait pas peur de moi, j'étais pour tous sympathique.

De ma fenêtre, j'ai vue sur les docks et les conteneurs au nom que je représente. Je connais par cœur la traversée jusqu'au port et aux bureaux. Je le fais les yeux fermés. La ville, pour moi, c'est un trajet entre deux points. Je crois en des pays, en des avenirs qui se tracent. Je rapporte des ananas blancs, les meilleurs du monde, que je découpe dans la cuisine de mon studio pendant que, dehors, on accroche les décorations de Noël. J'ai tellement de boîtes de conserve que je ne sais plus où les ranger. Je reçois des cartes de visite de présidents dont personne n'a jamais entendu parler, écrites au stylo-plume noir et découpées à la main. Je nage à contre-courant dans des bassins de sous-sol d'hôtels et j'imagine que j'ai de l'espace devant moi. Je prends des cocktails à la Case de Gaulle à Brazzaville, au bord du fleuve d'où l'on voit les lumières de Kinshasa, sur l'autre rive, briller comme un appel. Je regarde les pirogues que les pêcheurs tirent sur le sable et les femmes qui évident le poisson à la criée. J'attends, pendant plus de deux heures, la nuit, un rendez-vous avec un président africain, dans une petite pièce sans fenêtre, respirant par la climatisation, diverti par la télévision qui retranscrit des compétitions de lutte. Je regarde les gens entrer et sortir du bureau, chacun venu avec sa demande et repartant parfois avec une réponse, souvent avec une promesse. Parce que je suis blanc, on m'appelle Toubab.

Fermagina, j'aurais aimé moins la décrire et mieux la faire comprendre. Ce premier soir, j'ai fait cuire des pâtes, avec du sel et de l'huile d'olive. J'ai découpé en tranches fines une tomate de Madame Ruffi. Dehors, un palmier se balançait en voulant me dire quelque chose. Dans le miroir de la salle de bains, avec la surprise de celui qui recroise un vieil ami au coin d'une rue, j'ai regardé dans la pénombre le reflet d'un visage auquel je n'avais plus pensé depuis longtemps. J'ai vu qu'il manquait deux boutons à ma chemise, et qu'elle s'était décousue sur l'épaule. J'ai laissé la fenêtre ouverte et me suis endormi sans défaire les draps. J'ai dormi sans bouger. Au réveil, le soleil fendait la pièce en se faufilant à travers les volets. J'ai remarqué de nouveaux détails. Le crucifix au-dessus de la porte, les poignées brillantes de la commode, un morceau de tomette fendu sous les pieds ronds de la table.

C'est tout. Ce sera tout de mon arrivée à Fermagina. Rien n'a changé depuis. J'ai beau avoir glissé mon sac de voyage dans un tiroir de la commode et ajouté quelques fruits dans une coupelle de la cuisine, tout est resté identique. Par une multitude de hasards que je ne cherche pas à démêler, je suis aujourd'hui, entre eux tous, ce Pezzettino de leur imagination, débarqué comme le participant d'un jeu qui n'en nécessite pas autant, et leur mappemonde me promet que mon pays d'aujourd'hui, je le retrouverai encore demain.

5.

La première fois que j'arrivai vers eux, ma chemise sans boutons les amusa. L'un d'eux me promit alors qu'il m'emmènerait en ville dès le lendemain me refaire une garde-robe. C'était Lucio. Je mentis, je dis que mon armoire en débordait, que je n'avais amené que ça, justement, des chemises, que d'habitude je n'en portais jamais, qu'elle avait dû vieillir sans que je m'en rende compte. Nous parlâmes d'autre chose, mais il n'avait pas oublié. Quelques jours plus tard, je manquai de trébucher sur un paquet déposé au pas de ma porte. C'étaient des chemises que Lucio avait choisies pour moi. Je décidai d'enfiler ce qui n'était ni tout à fait un service ni tout à fait une générosité gratuite, encore moins un cadeau.

Ces chemises ne sont pas comme les miennes. On n'en referme pas les boutons jusqu'en haut. On la laisse pendre en dehors du pantalon, on marche ainsi, le ventre rafraîchi par l'air qui s'y engouffre. Cette inconvenance ne fait rire personne. Je repense à ce séjour de l'été dernier tous frais payés par mon directeur, sa pâleur incrédule, sa façon de me regarder ensuite, toute la journée, quand on lui raconta que j'étais allé me baigner, très tôt, tout seul à la plage.

– Mais alors... Vous êtes allé à la mer ? C'est-à-dire... vraiment dans la mer ? Et... Vous avez nagé ?

La seule eau valable était pour lui de chlore ou de savon. Il m'admira presque.

*

Ma minuscule terrasse me permet d'observer à la fois le jardin dans la cour de la maison et la petite ruelle de l'autre côté du mur. Les journées sont longues. Le temps s'écoule éternellement, goutte de peinture sur une toile gigantesque. J'ai reproduit le rituel que l'on met en place malgré soi dans les dizaines d'hôtel, tous semblables, des pays traversés – ouverture de la valise, dépôt de la trousse de toilette à côté du lavabo de la salle de bains, déballage des vêtements, inspection des placards – des habitudes machinales pour se faire croire qu'on est chez soi.

Je ne pense pas à ce que j'ai laissé là-bas. Tout me manque, et je n'ai pourtant besoin de rien. Je répète chaque jour des gestes identiques : préparer le café, peler un pamplemousse, explorer le moindre recoin de ma chambre, partir à la plage, rester longtemps dans l'eau. Dîner le soir à l'ombre des palmiers, ou bien à moitié debout dans l'agitation que fait naître la nuit. Il y avait, à Dakar, de petites échoppes alignées où l'on achetait des boulettes de viande épicées que les

Sénégalais se fourraient au creux d'une joue. J'ai su un jour comment s'appelait cette épice – je ne le sais plus.

Fermagina, ce n'est ni un lieu de retraite ni un village d'ancêtres. Les villes tournent autour du monde, mais il me semble que Fermagina tourne autour d'elle-même, de sa propre destinée – un mot qui lui fait hausser les épaules –, de son histoire poivre et sel. On n'érige pas de statues à Fermagina. Pas de plaques, de monuments ou de portraits. Les aïeux s'installent à califourchon sur les poutres des maisons qu'ils occupèrent. On prie les morts en célébrant leur naissance. Je poursuis mes promenades à l'ombre des trottoirs. Je n'ose pas aller trop loin. Je crains de me perdre. Je ne veux pas faire mine de m'en aller. Je lis des journaux oubliés sur la table en fer du jardin de l'immeuble, derrière les grandes fenêtres aux vitres déformées qui me séparent du hall. Dans un abri caché derrière les plantes, j'ai découvert quelques outils. Je me suis mis en tête de redresser les branches, arracher les mauvaises herbes, nettoyer ce qui n'a pas été entretenu depuis longtemps. C'est la première fois que je fais ça.

Je suis le seul locataire de Madame Ruffi. Nous discutons souvent elle et moi sur le pas de sa porte, dans la fraîcheur du hall carré ou sous les arbres de la cour où elle vient parfois me rejoindre. Elle est heureuse que je m'occupe du jardin. Elle s'inquiète de ce qui pourrait me manquer. Je ne saisis pas toujours les nuances de ce qu'elle me raconte. Un jour, au milieu d'une conversation, après s'être éclipsée un instant à l'intérieur, je l'ai vue revenir avec un album sous le bras, prendre place à mes côtés dans la cour, et tourner avec moi les pages collées des photographies qu'elle a commentées pour moi, les lunettes au bout du nez.

Des millénaires s'écoulent ainsi. Là-bas, les années tombaient avec fracas comme un verre qu'on renverse maladroitement du coude. Parfois, lorsque je tourne la clé dans la serrure de l'entrée et que je pousse la porte râpée par toutes les mains qui s'y sont appuyées avant moi, je crois entendre quelques notes d'un piano, et reconnaître l'air d'un morceau dont j'ai oublié le nom, mais je me ravise : qui, à Fermagina, aurait pu faire venir un tel instrument, avec quel argent l'aurait-on acquis, par quel bateau lui aurait-on fait faire la traversée ? Et comment l'aurait-on hissé dans cet escalier trop étroit ? Non, je rêve une fois de plus de musique, et sans doute est-ce mieux encore que de l'entendre. Les notes se dissipent sans que je m'en aperçoive, et de jour en jour, je ne crains même plus, en arrivant, de n'être arrivé qu'à la fin du morceau.

Tout cela ressemble bien trop à une image découpée dans un vieux magazine couleur, et pour d'autres yeux ça n'aurait l'air de rien ou au contraire de bien trop. En réalité, la maison de Madame Ruffi se confond au milieu de ses voisines, les volets de sa façade sont identiques aux leurs, la résonance de son escalier ne peut y être que semblable. On entre aussi facilement que dans l'écurie abandonnée d'une ferme de campagne. L'oranger qui pousse dans la cour donne de magnifiques fruits, âcres et immangeables. Des oranges de cinéma. Les jours de grand vent, les portes remuent sur leurs gonds desserrés. Quand il pleut, l'eau s'infiltre dans les rainures du toit et coule, souvent en cascade, du tout dernier étage et des combles jusqu'au milieu du hall, sur le carrelage qui change immédiatement de couleur et qui tout compte fait ne dessine aucun motif. J'ai connu ainsi un jour d'orage où, sur chaque marche et chaque palier, on avait déposé tout ce qu'on avait trouvé chez soi pour retenir l'eau : bassines, arrosoirs, bols, et même la coupe d'un concours d'équitation avec la date inscrite en lettres dorées.

Je ne reçois pas de courrier, mais je sais bien qu'un jour arrivera cette lettre au nom de celui qu'au fond je suis encore. Certains jours, je me cache. J'ai peur qu'on ne me retrouve.

Durant de longues minutes, je passe mes paumes grandes ouvertes sur la chaux rugueuse de ma chambre, jusqu'à en connaître, en aveugle, les moindres reliefs, jusqu'à ce que ces murs fassent partie de moi comme je ferais alors partie d'eux. Le matin, je compte les rayures des stores sur le parquet et, la nuit tombée, je tente, à l'autre bout de Fermagina, de rentrer chez moi les yeux fermés. Est-ce ainsi qu'il faut s'y prendre ? Est-ce ainsi que poussière, je retournerai à la leur qui m'est étrangère ?

Je cesserai bientôt de me demander si cette amnésie sur la Place correspond à une vie d'homme. Il n'y a rien ici pour marquer le pli des sourcils aux questions qui se posent.

– On devrait interdire les points d'interrogation, dit Lucio. D'ailleurs, le prochain qui interroge, je le cogne. Qu'est-ce que tu prends aujourd'hui, Pezzettino ?

6.

Je suis l'homme le plus insipide du monde, une fois sorti sur le trottoir. Il fait tellement nuit et tellement froid que personne n'a de visage. Les bonnets cachent les traces de vie, on ne sait jamais à qui on a affaire. La ville est une suite de rues aux boutiques cachées sous des arcades. Il ne reste que la grande librairie rouge d'ouverte, avec son salon de thé aux banquettes confortables dans un coin. J'y commande une tarte aux tomates un peu molle et un crumble poire-chocolat, leur spécialité.

Le même gris, partout, les mêmes encadrements blancs de fenêtres, le même agglomérat de cailloux beiges et jaunes étalé sur les façades. Les chiens que je croise lèvent la tête vers moi comme s'ils reconnaissaient l'odeur d'un homme dont on leur a conseillé de se méfier. Je ne sais pas quoi prendre au supermarché de ma rue. Je traîne au rayon frais.

Dans le parking du bureau, j'ai une voiture qui ne me sert presque à rien. Notre directeur a insisté pour que j'achète une paire de lunettes de soleil que je laisserai toujours à l'intérieur, dans le petit compartiment rétractable derrière le rétroviseur. C'est plus chic que de les sortir de sa poche, pire, de la boîte à gants, pire encore, que de plisser les yeux quand le soleil fait face sur l'autoroute. Je vais parfois chercher des correspondants à l'aéroport, ma sortie de la semaine, quand je suis bloqué ici par des grèves d'avion ou par des clients qui ont changé d'avis. Je fournis à une grande partie de la planète tout ce qui lui est nécessaire et tout ce qui lui est inutile. Les bateaux passent devant la grande plage où les estivants continuent de se baigner et les artistes du dimanche de peindre la mer. Le ciel a encore la même lumière et les mêmes nuages que dans les tableaux du musée d'Art moderne que je suis le seul, au bureau, à avoir vraiment visité.

Ce que je préfère, c'est rentrer en passant par l'esplanade et son skatepark qui est dans chaque guide touristique. Que pourrait-il y avoir d'autre ? Le soir de mon dernier départ, il avait gelé trop fort. On avait bloqué l'entrée du skatepark par des barrières que personne n'avait osé franchir. Avant de partir, j'espérais y voir les acrobates. J'ai imaginé les répercussions des roues sur l'asphalte, le choc sourd des planches et des roues s'éloigner dans mon dos.

Pezzettino, qu'avait-elle donc pour te faire peur, cette vie dont tu voudrais barbouiller les détails et qu'un soir trop épais tu as choisi de fuir ? L'idéal est un ruban qu'on peut mesurer et tendre entre deux doigts : au cours des ans, certains l'accrochent dans les cheveux, autour du poignet, le mettent dans la pochette d'un sac à main ou dans l'interstice d'un portefeuille, comme la photo d'identité peu flatteuse d'une personne qu'on aime. Je traînais essoufflé sous un ciel impassible qui m'observait sans rien dire, d'un grand œil aux cils recourbés. Morceau de rien, morceau d'un tout qui demande partout si l'on n'aurait pas croisé son soleil. « Je ne veux pas rentrer. » À la plage, au parc, chez les amis, les petits pleurent la même chose.

*

J'ai toujours aimé les capes d'aventuriers et les chapeaux de cirque. Les légendes de Fermagina laissent couler leurs murmures ; on se réinvente à sa guise. Vivre coûte peu. On échange un poisson contre quelques légumes, un vin contre un fromage, on fait son pain avec la farine de l'un et le levain de l'autre, et si on ne possède rien d'autre que quelques chemises achetées par un autre et un grand lit de bois brun, on donne comme on le peut de son temps à un jardin abandonné, une présence de plus au café du matin, un autre panier à remplir chez l'épicier. Vivre coûte peu, mais il faut tout de même payer, ne serait-ce que parce que l'harmonie, souvent, ne tient qu'à quelques billets échangés. Je n'avais pas besoin de compter. Je le savais, je pouvais tenir des mois sans rien gagner. J'avais gardé cette habitude de me promener avec du liquide sur moi, du temps où j'achetais des cigarettes à 10 000 mètres au-dessus du Bénin, là où les lecteurs de cartes ne fonctionnent pas. À Fermagina le café coûte moins cher que dans les machines des aéroports, et l'on repart toujours avec plus d'oranges et de figues de

Barbarie qu'on en a demandé. J'ai dû quelques fois déborder un peu, les billets collent entre eux, je n'ai plus le cœur à calculer. Je n'ai personne à qui faire plaisir, et je n'ai jamais été consolé par mes propres cadeaux.

J'imaginais que peut-être, selon un accord qui aurait pris la forme d'un pacte silencieux avec moi-même, je chercherais autre chose quand je n'aurais plus rien, ou que je me laisserais mourir, le visage recouvert par le sursaut d'une vague.

7.

La première fois que j'entendis parler de toi, Manuela, tu ne fus qu'un nom que je retins à peine, un écho qui flotta quelques secondes sur les parois de ma mémoire malade. Tu vivais presque seule dans un vaste appartement, celui d'une tante éloignée, reliée à toi par un lien que tu n'expliqueras jamais et qu'il me faudra comprendre comme un voleur qui ouvre les tiroirs des autres. Tu occupais la chambre à l'étage, les fenêtres ouvraient sur un jardinet tout en longueur en contrebas, et sur la mer, derrière le reste du village. La Zia, fatiguée de monter et descendre les marches, te l'avait cédée, elle avait fait déplacer ses affaires dans une pièce plus petite derrière le grand salon, d'où elle pouvait surveiller la bonne, la porte ouverte sur le couloir. Malgré ce changement, elle l'évoquait encore en l'appelant « ma chambre ».

Tu y avais installé quelques objets qui t'appartenaient. Ils étaient peu nombreux mais tu tenais à ces souvenirs plus ou moins lointains qui ne te quittaient pas. J'aime reconnaître, dans les endroits où tu t'installes, la petite poupée chinoise assise en tailleur, la sculpture recroquevillée en bois de Bali, le boîtier à double cadran de joueurs d'échecs ou le canard en faïence verte que tu es allée chercher à une salle des ventes. Tu vivais seule, où que tu fusses, bien qu'entourée de cette femme entre deux âges dont tu ne partageais pas même le nom, et de ce silencieux petit garçon que tu appelais « le petit frère », toi brune et mate, lui clair et presque blond. Qui étais-tu, Manuela ?

J'aurais pu t'apercevoir de loin dans une rue de Fermagina, ou tomber nez à nez sur toi au détour des minuscules sentiers qui descendent à la mer. Nous empruntions sans le savoir les mêmes passages, sans te connaître, j'avais déjà fait miennes tes habitudes, ou peut-être était-ce toi qui les avais changées à mon exemple. Tu n'aimais pas croiser du monde, tu n'aimais pas les plages, et préférais glisser dans l'eau directement de la roche coupante, la plupart du temps sans réfléchir à comment tu t'y prendrais pour remonter sans te blesser et récupérer tes vêtements laissés à la merci des marées. Tu prenais des risques, je deviendrai le seul à m'en soucier, et tu t'en voudras un peu de m'avoir donné tant de souci, de m'avoir fait tourner sur moi-même ne sachant pas où tu étais. Je finirai par me faire une raison, et par taire ma crainte dans la peau salée de tes retours. Tu auras gagné ma confiance.

Tu me regardes derrière l'encadrement de la porte et, sans te voir, je sais que tu es là.

*

Fermagina possède sa propre école. Ses rares instituteurs prenaient de l'âge, et on commençait à s'inquiéter de leur départ et de leur remplacement. On m'avait expliqué que les adolescents partaient vivre en ville pendant l'année scolaire puis, leur bac obtenu, quittaient l'île pour poursuivre leurs études sur le continent. Très jeunes, déjà, la vie avait pour eux des allures de grand voyage. Une fois adultes, beaucoup revenaient. Ils reprenaient de vieux commerces, réhabilitaient d'anciens locaux, essayaient de relancer un vieil artisanat désuet. D'autres trouvaient du travail dans les grandes villes. Les retours des vacances avaient pour eux un goût de liberté qu'on ne pouvait leur prendre. Fermagina, c'était leur secret, de l'autre côté des collines.

Jamais l'idée ne m'était venue de quitter le village, ne serait-ce qu'une journée, pour visiter le reste de l'île. L'exploration ne m'intéressait plus. Je n'avais que trop joué au pèlerin et au curieux exalté. Elle n'était de toute façon pas un lieu de promenade. On conseillait aux visiteurs de rester sur les plages, le temps que le bateau navette revienne les chercher. Il n'y avait rien d'autre à faire, et pas grand-chose à voir. Je compris au gré des conversations que les élus de l'île, quelques dizaines d'années plus tôt, avaient lancé le vaste de projet de la doter de routes présentables, de façon à relier les principaux villages entre eux, assurant ainsi une modernité pleine d'avenir, s'engageant d'un pas de géant dans la course du monde. On vit se déployer une armada d'ouvriers et d'engins du continent. La sueur et la ferraille luisaient sous le soleil ; un spectacle incongru que les passants observaient d'un œil indifférent. Ils creusèrent des sillons et des brèches dans le cuir robuste de la terre aussi longtemps qu'ils crurent que leur projet aboutirait.

Ils ne gagnèrent rien à ce jeu de construction. Tout juste une balbutiante ligne de bus qui relie sans grand entrain les extrémités nord et sud. Les efforts des troupes se sont arrêtés là. Les deux autres versants sont oubliés car, dit-on, rien ne vaut la peine de s'y rendre, et pas plus de les quitter. Le reste du monde est une greffe qui n'arrive pas à prendre. Les chemins se feront toujours à pied.

– Tu sais, les routes qui mènent à Fermagina, c'est ma voiture qui les a tracées !

Lucio rit de cette plaisanterie qui ne l'est qu'à moitié, son 4 × 4 comme le dernier cheval du village.

Les villageois garent leurs scooters à la carrosserie pistache, rouge sombre ou violet délavé le long de la corniche, un peu avant l'entrée dans Fermagina, une tapisserie aux couleurs pastel et tremblantes sous la chaleur. Il faut compter 20 kilomètres avant de rejoindre une route assez large pour voir se croiser deux voitures, et une trentaine pour rejoindre un bourg de plus de cinq cents âmes.

J'aime ces foyers clairsemés, moi qui pourtant ai toujours eu peur du vide. De temps à autre, Manuela, tu me proposeras de partir quelque part avec toi. Je t'apprendrai à ne plus vouloir partir ; tu me donneras, enfin, une raison de rester.

8.

Dans le coin au-dessus de mon lit, une rangée de livres se blottit dans son alcôve creusée à même le mur. De sa hauteur égale, elle comble la cicatrice de l'entaille. J'imagine Madame Ruffi les insérer un à un dans la blessure du mur, elle que je ne vois jamais lire. Comment les a-t-elle choisis ? Qui sait si, dans l'obscurité de son rez-de-chaussée, il ne lui arrive pas, certains jours, entre un ménage à terminer et une sauce à surveiller, de rouvrir les pages d'un roman de sa jeunesse, comme on retrouve dans un carton des lettres d'amour, en retenant son souffle.

Ici, on ne lit jamais en plein jour. La lecture n'est pas d'ordre public. Je me sens toujours en infraction lorsque j'ose déplacer les livres de ma chambre. L'équilibre des murs pourrait reposer sur le balancier de leur poids. Madame Ruffi me vit un après-midi sortir de l'immeuble avec l'un d'eux dans la main. Je me sentis comme celui qui prend la dernière part de gâteau en se disant que personne n'y verra rien. Mais je la vis sourire, prendre l'air de celle qui n'en attendait pas moins de moi. Alors, sans bien comprendre pourquoi, je lui murmurai du bout des lèvres un *grazie* qu'elle n'entendit probablement pas.

J'ai occupé de longues heures de ma journée à lire ces courts romans d'une époque où l'on éditait les livres aussi vite qu'une fournée de pain. Je n'avais aucun temps à faire passer.

Je découvris des prénoms écrits au crayon sur la page de garde, et c'est à leur sonorité que je choisissais mes lectures. C'étaient des aventures d'amour heureuses et souffrantes dans le soleil, quelques enquêtes policières sous les tropiques d'anciennes colonies, des histoires héroïques et sombres de la dernière guerre. On y joue au tennis, on y écrit des lettres passionnées, on y danse tard dans la nuit. Je les lisais sans rien en penser, sans rien en attendre, dans cette langue que j'apprivoisais. Ils m'accompagnaient dans le creux de ma veste ou dans la poche de mon pantalon, leur pression sur mon côté comme les poids qui arriment au sol les scaphandriers et les astronautes.

Au plafond de ma chambre, une tache brune en forme de pin parasol veille immobile sur moi. J'essaye d'entendre le vent dans ses aiguilles, et parfois j'y parviens.

*

– Les gosses sont bientôt en vacances. Les plus grands vont rentrer dans leurs familles… C'est très bien, les parents n'attendent que ça. On va leur foutre un peu la paix. On fait trop travailler les enfants, j'ai jamais compris ça. Qu'est-ce que t'en penses, toi, Pezzettino ? Tu étais bien professeur, non ?

Tous les visages se tournèrent vers moi. On m'avait vu lire sur la Place ou sur les rochers de la plage, et je compris qu'on s'était fait de moi l'image d'un énigmatique érudit étranger dont le sérieux devait en dire long sur ses dialogues intérieurs. Écrivain, médecin, acteur, étudiant…

– Mais, bien sûr, qu'il est professeur, leur répondit Lucio en secouant mon épaule.

À ces mots qui rompirent le silence, chacun sourit pour saluer cette consécration improvisée ; je fus le jeune diplômé au passage duquel on lève sa coupe.

Professeur, c'est donc ce que tu souhaites, Lucio ? Tu remarques mes yeux anxieux posés sur le petit groupe du café qui retourne à sa vie, et tu t'amuses, avec ton regard en coin, de cette ironie avec laquelle tu viens de me rebaptiser. Tu savais que ça ne tomberait pas dans l'oreille de sourds.

9.

La Zia est un drôle de personnage. Je n'ai jamais entendu personne la désigner autrement, si bien que j'ignore, encore aujourd'hui, quel est son véritable prénom.

– *Ecco la Zia ! Zia mia, come stai oggi ?*

La *zia* de qui ? entendais-je en écho dans ma tête. J'étais le seul à ne pas le savoir. Chez elle, je cherchais sur les murs des photos capables de me l'apprendre. Il n'y en avait aucune. Elle ne parlait jamais de ceux qu'elle connaissait, ne s'exprimait jamais au passé, se confiant par bribes impossibles à recoller entre elles. Elle n'avait pas d'âge, pas d'histoire, pas plus qu'elle n'avait de nom. Elle ressemblait à ces mères de famille du siècle passé qui acquéraient, toutes jeunes encore, le visage qu'elles garderaient définitivement jusqu'à leur mort. J'imaginais la Zia vieillir en noir et blanc, le relief de son visage gommé et aplani, puis mourir en ayant dispersé elle-même ses cendres.

La Zia, une femme ni tout à fait mère ni tout à fait sœur, dont on connaît le visage sans très bien savoir la vie.

Elle aurait pu avoir été très riche, naître dans une famille d'ambassadeur, beaucoup voyager, et longtemps mener une vie hors du monde. Ses bijoux et ses parfums, ses meubles et ses porcelaines en seraient les vestiges. Elle aurait été la femme d'un riche industriel, d'un grand médecin, d'un avocat prometteur, ou de n'importe quel genre d'homme avec lequel elle aurait vécu une vie plutôt insouciante, libérée de toute préoccupation matérielle, de toute obligation envers qui que ce soit. Ainsi, elle aurait partagé sa maison avec les bonnes et ses sorties avec des amies qui ne l'auraient pas aimée. Elle aurait eu des amants avec lesquels elle se serait toujours un peu ennuyée sans leur dire. Bien sûr, elle n'aurait pas eu d'enfants, elle n'en aurait certainement pas voulu, ou bien si, pourquoi pas, un fils unique, qui aurait fait le bonheur de son mari et de sa belle-famille. Malgré toutes ses réticences et son manque d'entrain pour cette naissance, peut-être se serait-elle alors prise au jeu de la maternité et aurait-elle tout de même sincèrement aimé ce fils, le montrant à qui aurait désiré le voir, vantant la délicatesse de ses traits et l'intelligence lumineuse dans ses yeux : il allait devenir un très bel homme, bien plus beau que son père. Il excellerait là où lui avait échoué. D'ailleurs, il était déjà très curieux et n'aimait pas jouer avec les enfants de son âge.

Elle devait passer ses journées chez des connaissances, dans des cafés, devait aller voir des spectacles, ou nager dans la piscine du club de sport de son mari. Sans doute rêvait-elle à quelque chose de mieux pour lui aussi – construire ce qu'on appelle une « vie ensemble » et qui réussissait plutôt bien à d'autres –, avoir des projets, se trouver des points communs et se donner la chance d'une intimité plus grande, mais certainement devait-elle aussi se dire, une fois sortie de l'eau, en se laissant sécher par le soleil, qu'au moins ils n'avaient aucun compte à se rendre, qu'elle pourrait partir quand elle le voudrait, et que pour rien au monde elle ne sacrifierait cette idée.

Elle finirait par laisser l'enfant à une nourrice qu'il prendrait pour sa mère. Elle arriverait tôt le matin pour l'accompagner à l'école, l'emmener jouer dans les parcs, lui offrir une brioche aux raisins, parfois, sur le chemin du retour. Tard le soir, alors qu'il dormait déjà, la jeune fille devait laisser sa place à la vraie mère qui rentrait, pensive et comme déçue d'on ne savait quoi, d'on ne savait qui.

Bien sûr, il n'en est rien, mais je pensais à tout cela en regardant la Zia descendre de chez elle, toujours d'une fine élégance, elle était connue pour ça, pour son élégance presque déplacée, des chemisiers bouffants, des boutons dorés, de lourdes boucles d'oreilles à clip, un parfum dont elle aimait prononcer souvent le nom. Elle ne sortait jamais sans un sac à main griffé, elle répétait à qui ne le savait pas encore qu'il était désormais introuvable, et qu'elle – ou plutôt Fermagina ? – avait vraiment beaucoup, beaucoup de chance d'avoir en sa possession un spécimen si bien entretenu.

C'était un sac qu'on remarquait tout de suite. Sa forme était supposée rappeler celle des baluchons de marins, mais elle me faisait plutôt penser à un seau, un vrai seau de plage, en cuir noir et épais, avec une ouverture en toile qu'on fermait en tirant sur un lacet. Il se portait sur l'épaule par une corde blanche entortillée, reproduisant les nœuds des bateaux. Il devait contenir la même chose que la plupart des autres ; un rouge à lèvres, une crème pour les mains, quelques mouchoirs en papier, un étui à lunettes, un vieux stylo, des tickets de caisse, des miettes dans les coutures. En bonne figure de Fermagina, accompagnée de son sac, elle était de ceux qui prennent les premiers leur café chez Armando. Elle préférait la compagnie des travailleurs du petit matin, le silence de ceux qui se retrouvent après la nuit, et l'arôme amer, boisé, désaltérant du café, quand le percolateur ne s'est encore réveillé pour personne. C'était son privilège, son luxe. Il était hors de question de se faire servir une tasse tout juste rincée à l'eau bouillante, à la suite d'un client qui lui aurait laissé sa place, au milieu des mouches, du comptoir déjà poisseux et de la lumière aveuglante de la mi-journée. Après tout, la Zia était une grande dame.

La voilà, donc : elle quitte en silence son immeuble, regarde à droite, puis à gauche sur la Place, comme un enfant anxieux de traverser la rue, et, en entrouvrant juste la porte, elle s'extirpe de l'ombre du hall, la referme derrière elle, toujours sans bruit, dans un geste précautionneux qui dure des heures. Elle porte un chemisier blanc repassé à la perfection, ses cheveux bruns trop épais et un peu ternes attachés en une tresse sur sa nuque, un lourd bracelet en or au poignet – « On ne porte jamais plus de trois bijoux à la fois, le saviez-vous ? » – et son sac à main, bien sûr, son sac à main en forme de seau. Elle ne s'installe jamais, elle prend toujours son café debout au comptoir, c'est mal vu pour une femme, mais elle l'ignore ou s'en moque ; assise sur l'une des chaises de la salle, elle aurait l'impression d'être une petite fille timide qui attend que ses parents viennent la chercher, et la Zia n'a pas le temps de rêvasser sur les terrasses.

En entrant, elle salue la compagnie d'un discret hochement de tête et d'un imperceptible mouvement des lèvres, tout le monde lui rend son salut, excepté Armando en face duquel elle prend place ; deux vieux amis se dispensent de politesse. Elle joue la grande bourgeoise, la diva à la retraite, la première dame qu'on ne trompe pas facilement. Moi, je m'assieds toujours à l'extérieur, je les entends discuter dans mon dos sans comprendre de quoi il s'agit.

Ça ne peut pas être grave, ça ne peut pas être important. Je n'ai plus peur des mauvaises nouvelles, des avants et des après, des cycles et des bascules. Je n'ai plus peur que le monde ne change malgré moi et sans m'attendre, d'avoir été en retard et d'avoir tout perdu. Je sais son mouvement régulier et infatigable, celui d'un métronome à son rythme le plus lent.

10.

– Pezzettino ! Oh, Pezzettino !

Le soleil est déjà trop fort, et je peine à distinguer la silhouette d'Armando, qui de l'intérieur me fait signe d'approcher. La Zia est en face de lui, posée du bout des fesses sur un tabouret du comptoir, son sac toujours pendu à son bras comme si elle s'apprêtait à partir. Je cligne des yeux. Leurs visages sont cachés dans l'ombre.

– Eh bien, allez, arrête de jouer les timides, il a l'habitude, puisque je te dis qu'il *est* professeur. Tu crois vraiment que je te laisserais entre n'importe quelles mains ?

Armando me jette un regard entendu, puis me laisse seul avec la Zia, tout embarrassée sur son tabouret, serrant fort les cordons de son seau. Elle me sourit en me regardant à peine, s'efforce de rectifier la position de ses épaules.

– Je ne voulais pas vous déranger. On aurait aussi bien pu en parler une prochaine fois, mais c'est Armando qui précipite toujours tout… Ce ne sont pas tout à fait mes façons de faire… Mais enfin… Oui, je… Vous devez être affreusement occupé, mais… Permettez-moi. J'aurais besoin de vous.

Elle se redresse enfin, et repousse un peu sa tasse devant elle.

– Je suis dans une situation assez délicate. J'aurais besoin de conseils. Je suis complètement ignorante de toutes ces choses, je suis incapable de m'occuper de ça toute seule. Ça dépasse… mes compétences. C'est le petit. C'est assez urgent. J'aimerais que vous vous en occupiez.

Elle hoche la tête, visiblement très embêtée devant mon silence.

– Armando n'en a rien dit ? Pourtant, vous ne pouvez pas ne pas l'avoir deviné ! Les professeurs remarquent tout de suite ces subtilités. J'imagine que si vous l'avez croisé, c'est le genre de vérité qui… saute à la figure, n'est-ce pas ?

Elle tourne vers moi un regard si assuré, et à la fois si inquiet, que je la laisse poursuivre.

– C'est bien ce que je pensais, vous aviez déjà tout vu… Je ne sais pas pourquoi je fais toutes ces histoires… Somme toute, je n'ai plus grand-chose à vous expliquer. Il n'y a rien de bien sorcier là-dedans : sa scolarité m'inquiète. Voilà.

On aurait juré qu'elle se délivrait d'un grand secret. Je crois même que si nous n'avions pas été seuls, elle n'aurait pas été capable de me faire une telle confidence.

– J'ignorais que les enfants arrivent aussi vite à un âge… Mon Dieu, comment dire… Un âge aussi…

– Hors de contrôle ? proposai-je sans très bien saisir de qui nous parlions.

– Oui ! C'est ça ! Hors de contrôle.

Elle répète cette formule qui semble lui plaire, et qu'elle décortique syllabe après syllabe en scrutant le fond de sa tasse.

– On compte sur moi. C'est difficile. Je ne peux pas toujours être derrière lui. Il y a un problème de fréquentation, c'est certain. Et les instituteurs... Doit-on vraiment en parler ? Avec tout le respect que je vous dois, ces gens-là me semblent...

– De vraies nouilles ? avançai-je de nouveau, à voix basse.

Elle me regarde avec des yeux ronds. Je ne peux retenir un sourire.

– Nouilles..., répète-t-elle en un souffle. Oh, mais... Mais oui, tout à fait, tout à fait !

Et elle étouffe maladroitement un rire.

– Je suis mal placée pour en juger. Je n'ai aucune pédagogie. Car moi, ce n'est pas mon métier, je ne suis pas payée pour ça. Le monde a trop changé pour que je comprenne quoi que ce soit aux nouvelles façons de faire. Il paraît que les enfants n'ont pas les mêmes capacités d'apprentissage qu'avant, et qu'il faut *s'adapter*.

Son air docte agrandit mon sourire. Elle poursuit :

– Je ne vous apprends rien. À mon âge, vous comprenez, on n'a plus la patience ni le temps de se pencher là-dessus.

Des bruits de vaisselle nous parviennent de la cuisine d'Armando. Elle porte ses doigts à son visage et se met à se pincer les lèvres. Elle reste ainsi un instant, pensive et interdite, puis reprend dans une exclamation :

– Eh bien, je crois que nous nous sommes tout dit. Je ne vous retiens pas plus longtemps. J'habite à deux pas, ce n'est pas compliqué, vous n'aurez qu'à venir demain, à la fin de l'école.

Elle le dit très vite. Elle tourne son visage vers moi et esquisse un rictus poli et décidé.

– On peut essayer, oui, je crois que vous avez raison… Après tout, bon nombre de mes connaissances ont dû aussi passer par là. C'est assez fréquent, paraît-il, de nos jours…

Elle hoche à nouveau la tête, pince encore ses lèvres jusqu'à les mordre avec ses dents et se lève d'un bond si précipité que ma tasse tremble. Elle continue à me parler tout en s'éloignant, la tête à peine tournée vers moi :

– Oui, vous êtes quelqu'un de compétent, c'est certain. À demain, cher monsieur, à demain ! Vous verrez. C'est un gentil garçon.

Elle crie presque en s'éloignant.

– Vous n'aurez qu'à sonner, Manuela vous ouvrira, *grazie, grazie ancora. A domani ! Sarà tutto pronto.*

Elle s'en va maintenant d'un pas rapide. Je n'ai pas eu le temps de répondre. Le rouge à lèvres a marqué le bord de sa tasse et le rembourrage du tabouret porte encore la marque de son assise. Je me précipite vers le pas de la porte :

– Attendez ! Vous ne m'avez pas dit votre nom !

Mais elle marche vite, et elle est déjà trop loin pour m'entendre.

*

Les enfants sortent en essaim d'une petite porte à deux battants que les instituteurs ouvrent en grand au signal d'une sonnerie qui rappelle celle d'un téléphone. La porte n'est pas très haute, et à travers le mince espace au-dessus de leur tête, on distingue un préau au crépi recouvert d'une peinture bleu ciel, des porte-manteaux, des rangées de casiers en tôle multicolore, et plus loin, derrière l'escalier qui mène aux salles de classe, un terrain parsemé d'herbe sur lequel les enfants passent leur récréation. Le terrain est tourné vers l'est ; en prenant appui sur le muret du fond, les plus grands peuvent voir la mer.

L'absence de parents étonne dans cette sortie d'école, et laisse planer le doute sur la nature du lieu. C'est un rectangle de plafond bas, qui s'étire sur une vingtaine de mètres le long du trottoir avant de s'arrêter à l'angle de la rue principale. Les grandes fenêtres à carreaux donnent sur la rue, mais elles sont trop hautes pour que l'on puisse, du dehors, observer ce qui s'y passe. Chacun y rentre et en sort à la manière des élèves, par cette porte de bois encastrée dans le mur, après avoir enjambé les quelques centimètres qui la séparent du sol.

Je suis en avance au rendez-vous. J'ai attendu tout le jour cette fin d'après-midi où je porterais ma serviette de professeur en haut des escaliers de la Zia.

Armando me parle de l'école, tout en sortant des cagettes de bouteilles vides sur son perron. Il m'apprend que les fenêtres, les peintures et le toit ont été refaits l'an dernier grâce au don d'un ancien élève devenu riche promoteur immobilier, et nostalgique, dans sa vie continentale, de sa petite école insulaire. Il ignore, bien sûr, que les canalisations seraient aussi à refaire, que le matériel devient trop abîmé pour servir correctement, que les instituteurs se plaignent des vieux tableaux noirs à craie, et que l'école compte trois fois moins d'élèves qu'au temps béni de son enfance. Armando n'est pas optimiste. Fermagina va se vider de ses maîtres d'école, de ses enfants prometteurs, de son passé de carte postale. Il n'en restera que le décor.

C'est l'heure. Ils sortent et s'éparpillent au coin des rues en se faisant de grands gestes de la main ou en se poussant dans le dos. Les enfants sont parfois de petits hommes graves et solennels. Qui sait ce qu'ils se racontent en marchant à reculons sur le trottoir ? Que s'en vont-ils retrouver en franchissant le seuil de leur maison ? Que leur manque-t-il derrière ces murs ? J'aimerais retrouver cette mélancolie des sorties d'écoles et des retours silencieux dans ma chambre dont je me souviens si bien, mais comment ? Les mères sont bienveillantes et compréhensives, les pères prévenants et attentifs ; peut-être s'agit-il d'enfances heureuses.

Aujourd'hui, cahin-caha, je prends pour la première fois mon poste de professeur. Ma première rentrée, en somme. J'essaye de me souvenir des manières de mes instituteurs, de répéter mon texte. Le temps est lourd. Les hirondelles volent au ras des têtes avant de s'engouffrer en sifflant dans la brèche étroite des rues. Je transpire dans ma chemise que l'air épais plaque sur ma peau.

– Il n'y aura pas grand monde, ce soir, prophétise Armando en se penchant pour regarder le ciel. Ce n'est pas un temps pour nous.

De loin, j'aperçois celui que je guettais, un garçonnet encore un peu joufflu et qui me semble bien petit. Il s'avance seul sur la Place, un sac rouge sur le dos. Il joue à soulever autour de lui la poussière avec ses pieds. Mon premier élève. Il disparaît dans l'immeuble avec un tabouret de bois sur le balcon du deuxième.

La Place me paraît plus grande que d'habitude, me laissant le passage pour ce qui a tout l'air d'une nouvelle entrée dans la vie, et qui ne l'est peut-être pas. J'entends battre mon cœur dans mes oreilles. Je presse le pas sous le soleil voilé en ne quittant pas des yeux le tabouret de bois.

11.

La porte de l'immeuble se déverrouille sans me laisser le temps de sonner. Une résistance m'oblige à m'y appuyer de tout mon corps pour l'ouvrir. La fraîcheur de l'entrée me prend au visage, m'enlace de son silence, et le poids de ma chemise retombe. À quelques mètres devant moi, un escalier me présente ses premières marches avant de s'élever en colimaçon. Çà et là, clandestines entre ces murs épais, quelques touches de lumière viennent moucheter le hall. Les larges marches s'affaissent en leur milieu comme un petit bassin. Au sol, les dalles de pierres ressemblent à de vieilles bêtes fossilisées.

La poussière a laissé des marques blanches sur mon pantalon. Je fais de mon mieux pour m'épousseter en passant ma langue sur mes doigts. C'est un geste qui me vient de loin, et dont l'histoire me regagne. Je suis un petit garçon, confié par ses parents dès que l'occasion se présente à une grand-mère tendre et généreuse que j'ai fini par connaître mieux que je ne les connais eux, avec son chignon noir piqué d'épingles, sa peau mate d'Espagnole, sa calme maisonnette de banlieue et son jardin fleuri. Chaque matin, nous nous préparons pour sortir faire les courses de notre déjeuner. Avant de quitter la maison, il y a la halte obligatoire sur les marches, à mi-chemin entre la porte d'entrée et le petit portail qui ouvre sur la rue. La grand-mère s'arrête, me fait signe d'approcher pour m'inspecter en me prenant le visage entre ses grandes mains à la paume râpeuse et chaude. Lorsqu'elle en a vu assez – il ne lui suffit que d'un coup d'œil –, elle s'accroupit, dégage d'une poche de son sac un mouchoir en papier qu'elle me demande d'humecter – « Tire ta langue » – et s'applique à m'essuyer les contours de la bouche d'un mouvement déterminé et volontaire. Le contact sec et farineux du mouchoir contre ma langue, ma propre salive qui nettoie ma propre bouche, je trouve ça dégoûtant, je ferme les yeux et je plisse le nez en attendant, bon bougre, que nous puissions enfin partir. Sur le chemin, nous passons devant ce parc où je suis le seul à jouer, sur des balançoires qui m'envolent dangereusement. Au retour, j'ai droit à une brique de jus d'ananas, que je sirote le plus longtemps possible, en mordillant la petite paille courbée pour que le liquide ne passe pas.

Tu vois, Pezzettino, ce souvenir-là t'est resté, un détail parmi tant d'autres pourtant, et tu n'as pas oublié ce réflexe de vieux chat auquel tu obéis encore, bon gré mal gré, toutes les fois que tu te trouves entre une porte d'entrée et un petit portail.

Quelqu'un doit m'attendre à l'un ou l'autre des étages. Il tombe du plafond une odeur de cèdre, celle des petites boules en bois déposées au fond des placards pour en chasser les mites.

L'entrée du troisième est haute et étroite. Deux vitres de couleur au verre martelé filtrent le jour qui danse sur le pas de la porte. Je m'apprête à continuer, mais à peine l'ai-je dépassée que je l'entends s'ouvrir, son battant encore si proche de moi me frôle. Elle est là. Quelques centimètres à peine nous séparent, sa tête qu'elle penche d'abord vers le palier se retire presque aussitôt pour ne pas cogner contre la mienne.

Je ne m'attendais pas à ce que la Zia soit là en personne pour m'accueillir – ne m'avait-elle d'ailleurs pas dit « tout sera prêt » ? J'avais imaginé me retrouver devant une domestique, une nourrice ou une gouvernante fidèle et indifférente, mais c'est tout autre chose qui se tient là derrière la porte, et je me souviens alors de ce prénom que la Zia avait rapidement prononcé, Manuela, oui, c'est bien ça, elle avait dit « Manuela vous ouvrira », et la voici, encore surprise de me trouver si proche d'elle au point que j'entende l'essoufflement de sa course dans l'appartement.

Elle ne dit rien. Elle m'observe sans timidité, droit dans les yeux, avec un intérêt presque inquisiteur qui lui entrouvre les lèvres, comme si elle s'apprêtait à dire quelque chose et qu'elle n'osait désormais plus.

– Je viens pour…

– Oui, on m'a prévenue, m'interrompt-elle. Entrez.

C'est ainsi que nous fîmes connaissance. Elle ne me dira jamais son nom, je ne lui dirai jamais le mien. Nous l'apprendrons tous les deux de la bouche des autres. Elle osera seulement me demander, plus tard :

– Ce nom qu'on vous donne, Pezzettino, ça n'est pas vraiment le vôtre, n'est-ce pas ?

Et je lui répondrai que non, effectivement, mais que je ne n'en ai pas d'autre, et qu'il faudra s'en contenter.

Un jour peut-être, Manuela, tu décideras de m'appeler Pierre, Mathieu ou Nicolas, un vrai prénom que tu auras choisi pour moi, et je te demanderai alors parfois : « Appelle-moi encore Pezzettino. »

12.

Elle me devance dans l'appartement. Elle marche droit devant elle. Elle s'attend à ce que je la suive. Suis-je seulement au bon endroit ? Je n'ai encore rien dit, pas de présentation ou de salut, sans doute à cause de la certitude que si je commençais à exprimer quoi que ce soit de convenu ou de banal, elle m'interromprait pour enfin se retourner et poser un doigt inflexible sur mes lèvres en signe de silence. Alors je la suis, muet, ma serviette de charlatan à la main.

De lourds cheveux très bruns encadrent un visage que je ne vois pas. Elle a rentré un pan de son chemisier à manches courtes rouge dans un vieux pantalon en toile. Elle porte aux pieds une paire de tennis à semelles de gomme qui accompagnent chacun de ses pas d'un bruit mat sur le parquet. Sous l'ourlet de son pantalon, je suis l'arc de ses tendons d'Achille. Elle porte un parfum qui se confond dans l'air. Elle ne porte pas de bijoux. La poche de sa fesse gauche menace de se découdre.

Il y a une cicatrice en bourrelet sur le coude droit. Peut-être ne l'a-t-elle jamais remarquée. Peut-être suis-je le premier à la voir.

Il y a toujours ces cheveux très bruns et très lourds qui dodelinent gravement sous sa démarche, retombant pour se soulever à nouveau comme le feuillage d'un arbre. Les malléoles sont deux billes qui se frôlent sans se toucher. La danse s'arrête net devant une porte qu'elle ouvre, en jetant un regard derrière elle pour s'assurer que je suis encore là. C'est à peine si j'ai pris garde aux pièces que nous venons de traverser. Sans elle, je serais incapable de retrouver le chemin sans me perdre.

Nous sommes dans un long couloir au plafond en demi-berceau qui distribue le reste des pièces de l'appartement. Je compte : la Zia, Manuela, le petit garçon. Les pièces sont trop nombreuses pour une si petite famille ou bien, comme je le craignais, je ne suis pas là où j'étais attendu. Un tapis orange citrouille court de nos pieds jusqu'à une fenêtre aux barreaux noirs qui nous éclaire en contre-jour. J'ai vécu longtemps dans une maison où l'on m'avait donné la dernière chambre au fond du couloir. Je courais pour la rejoindre lorsque, seul, je me relevais la nuit, et que mes pieds nus se collaient au carrelage, pendant que tout le monde dormait. Mais ces barreaux me protègent plus qu'ils ne m'emprisonnent, et je n'ai pas encore envie de m'y ruer en tremblant. Donnent-ils sur un jardin, une terrasse, une cour ? Sur la mer, Manuela ?

Elle a tourné l'œuf blanc de la poignée. Elle a chaud, ses veines gonflent sur son cou et remontent le long des poignets. Elle dégage ses cheveux de son visage avec le plat de sa main. Elle entre dans la pièce qu'elle vient d'ouvrir avec la discrétion et l'interdit de celui qui a peur de déranger son hôte. Elle l'inspecte quelques secondes en y passant la tête, puis se retourne vers moi, triomphante.

– Entrez, m'enjoint-elle pour la seconde fois.

Mais son ton cette fois-ci est joyeux et soulagé ; nous avons traversé le plus dur, il n'y a plus rien à craindre.

C'est ce qu'on pourrait appeler un salon, plongé dans le noir, avec une table en bois qui trône en son centre, une table de repas de famille sur laquelle je pose ma serviette. À l'instar du reste de l'appartement, il flotte un air frais et facile à respirer. À croire que la poussière vient d'être faite, dans cette enfilade déserte que nous redécouvrons ensemble, elle et moi, après de longues années d'absence. Les meubles sont luisants et les tapis aussi vifs que leur grand âge permet encore de l'être.

Elle se dirige vers les fenêtres et entrouvre à peine, un à un, tous les volets rabattus. Elle prend soin d'attacher les épais rideaux à des cordelettes aux crochets rutilants. La lumière volette, rappelant le jeu des éclats de montre sur les murs d'une salle de classe où l'on s'ennuie. Elle revient vers la table d'où je n'ai pas bougé pour la regarder faire, le son toujours mat de ses tennis de toile sur le parquet, et les manches courtes de son chemisier oscillant sur ses épaules.

– Je suis désolée pour l'obscurité, c'est impossible de faire autrement. On n'est jamais à l'abri de la chaleur. L'appartement est agréable mais les pièces donnent plein sud. Ici, c'est la nuit qu'on ouvre les volets… J'espère que la pénombre ne vous gênera pas pour travailler, s'excuse-t-elle encore. Si vous voulez, je peux installer une lampe près de vous.

Maintenant que les volets ne sont plus complètement fermés et qu'elle ne me tourne plus le dos, elle m'offre pour la première fois son visage à la lumière. Je n'arrive pas à détourner mes yeux des siens. Je ne comprends pas tout de suite pourquoi. Ils ne sont pas bruns, ni châtains, ni noisette. Ils sont clairs, d'une clarté indéfinissable, qui brille comme deux veilleuses sur son visage. Ils sont miel. C'est ça. D'une couleur de miel, lorsqu'on regarde le pot en transparence au soleil. Sa peau est constellée de mille taches de rousseur irrégulières qui prennent naissance sur son front, ses joues, son menton, puis courent sur sa gorge, ses épaules, ses bras, ses mains. Je n'en ai jamais vu autant, chez personne.

Elle me regarde en vieil ami que l'on connaît par cœur, sans peur du silence, de l'embarras de n'avoir rien à dire, sans empressement, sans impatience. Comme si nous avions tout notre temps. Peut-être se soucie-t-elle seulement de mon avis sur ce salon et espère que je ne lui en veux pas trop pour le manque d'éclairage qui la préoccupe tant. Elle s'est encore rapprochée de moi, les mains posées sur le rebord circulaire de la table, et regarde à présent autour d'elle, un peu surprise, et pourtant lasse, avec ce mélange d'amertume et de regret de ceux qui s'apprêtent à quitter pour toujours une maison où ils n'ont pas toujours été heureux.

– L'orage arrive, parvins-je à murmurer. L'air est tellement lourd qu'en traversant la Place du café jusqu'ici, j'ai trempé ma chemise…

Lentement, sur son profil toujours tourné vers le fond de la pièce, un sourire se lève et découvre ses dents. Elle m'examine alors de la tête aux pieds. Elle rit. Elle se moque de moi. Elle a raison. J'ai toujours promené partout mon allure de guignol, mais maintenant ça ne me gêne pas, ça ne me dérange plus.

– Vous voulez une citronnade ?

Elle le dit sans me quitter des yeux, et sans cesser de rire. Elle est tout proche. Au cœur de son œil droit, égarés dans le miel de son iris, deux petits points noirs se font face, comme si quelqu'un l'avait piqué du bout d'un pinceau fin trempé dans de l'encre de Chine.

– Je crois qu'il en reste. Je reviens.

Un fauteuil est installé près d'une fenêtre. Au fond, deux portes trouent le mur. Des fleurs séchées sont posées sur le rebord d'une cheminée. Je ne sais plus très bien ce que je suis venu faire ici, ni la raison pour laquelle on m'a demandé de m'y rendre : seconder une vieille Zia débordée par un petit garçon, ou attendre, assis sur une chaise confortable, entre des paires de rideaux et une bibliothèque en bois, qu'une fille mouchetée au chemisier rouge m'apporte une citronnade.

Nous sommes assis là, l'un en face de l'autre, je ne sais pas combien de temps s'est écoulé depuis mon arrivée, et je finis par me demander si elle aussi n'a pas oublié que je suis le professeur venu donner des leçons, avec sa serviette en cuir qui ne pèse encore rien. Nous devons pourtant avoir l'air d'attendre que quelqu'un ou quelque chose nous fasse lever de nos chaises, peut-être simplement que l'orage éclate, derrière les vitres. Elle ne m'interroge pas sur l'endroit d'où je viens, ce que je fais dans la vie, ce que j'espère de mon arrivée ici, ni si je compte m'y installer ou m'en aller plus loin, un jour, bientôt. Elle ne me parle pas de ma venue aujourd'hui. Elle regarde les verres de citronnade qui défilent entre mes mains, jusqu'au moment où je les porte à mes lèvres et lui dit le bien qu'ils me font.

Bientôt, quand il sera l'heure, nous ouvrirons dans une joyeuse cérémonie tous les volets de l'appartement, et il fera grand jour.

13.

Il est vrai que le petit frère n'a toujours eu que des notes médiocres et n'a presque jamais rendu un devoir terminé, mais personne, à l'école, ne semble considérer ça comme un problème. Seule la Zia, brusquement, s'était aperçue qu'elle n'y avait jamais prêté attention et qu'il ne lui restait qu'un an pour décrocher une place au collège de la ville.

Avait-elle réellement eu, jusque-là, à s'occuper d'eux comme une mère ? On lui avait confié les enfants sans lui donner aucun conseil, sans lui dire quand prendrait fin cette parenthèse villageoise. Sa plus grande impatience était de voir le petit frère accepté dans une université du continent, là où elle n'aurait plus qu'à lui assurer un logement et l'expédition tous les mois d'une certaine somme sur un compte bancaire ouvert pour l'occasion. N'importe quelle autre situation ferait l'affaire, pourvu qu'elle puisse enfin se libérer de cet entre-deux interminable où il fallait s'astreindre, comme tout bon parent, à voir venir le temps où les petits quitteront le nid – c'était, s'imaginait-elle, l'exigence que la vie avait fini par attendre d'elle. Sa voix sonnait faux dans ce rôle qu'elle endossait de travers et dont elle exagérait l'importance, par plaisir d'actrice, par démesure ou par ignorance.

Il aurait fallu que leur départ se fasse dans une discrétion semblable à leur arrivée, c'est d'ailleurs ainsi qu'elle avait envisagé les choses, un départ rapide et presque inaperçu : « Les enfants ? Oh, mais ils sont grands maintenant, voyons, leur place n'est plus ici… » Elle s'entraînait à le dire en donnant l'impression d'avoir réussi quelque chose.

On voyait, à l'observer, qu'elle avait pris l'habitude, au cours des ans, d'envisager leur vie comme une cohabitation libre et bienveillante, oui, rien de plus qu'une cohabitation de fortune, instaurée à la suite de circonstances exceptionnelles, une façon d'être ensemble cordiale et attentive mais détachée pourtant, sans place pour des effusions qui pourraient la confondre avec une quelconque tendresse filiale, voire maternelle, sentiments qui l'obligeraient dès lors à adopter certaines attitudes, à accepter certains compromis, à souffrir certains sacrifices qu'elle n'aurait pas été capable de faire. Il était donc entendu que chacun prendrait soin de sa propre personne et s'occuperait de ses propres affaires ; pour le reste, il y avait les *bambinaie*, les mères des camarades de classe, les professeurs. Elle ne s'était jamais attendue à la présence de ces deux-là dans son existence, mais elle les avait gardés, parce qu'elle avait fini par préférer qu'ils soient avec elle plutôt qu'avec n'importe qui d'autre.

De quelle torpeur se réveillait-elle maintenant ? On eût dit qu'elle craignait l'heure où il faudrait rendre des comptes à celui dont elle était redevable, et que d'avoir simplement pourvu aux besoins élémentaires d'un enfant jusqu'à ses dix-huit ou vingt ans ne suffirait pas. Elle avait dû faire une promesse qu'elle craignait à présent de ne pas avoir tenue. Elle regardait parfois Manuela en l'attente d'une réponse qu'elle ne lui suggérerait pas.

*

Je suis chargé de monter son courrier à la Zia. Quelques lettres pliées dans des enveloppes épaisses, des écritures soignées, sans expéditeur sur l'envers. Le journal du matin et les revues du week-end. De rares cartes postales, griffonnées à la hâte de quelques formules succinctes.

> *Tout va bien. Pensons à vous. J. & D. ; Repos mérité. Bises aux enfants. A. ; En passant par la Grèce. À bientôt. C.*

Je n'ai jamais vu la Zia recevoir personne chez elle ni rejoindre quelqu'un au village. Malgré leurs mots rassurants, ces initiales anonymes au dos d'un paysage campagnard ou maritime semblaient avoir abandonné depuis longtemps l'idée d'une visite impromptue.

Parmi ce courrier qui s'entasse au pied des escaliers et au coin de la console de l'appartement, certaines enveloppes sont destinées à un homme, qui, à en croire ce qui est inscrit, avait habité à la même adresse que la Zia. Je dépose ces lettres avec les autres sur une coupelle bleue dans l'entrée, et, sur ce carré blanc se détachant sur la couleur, je m'autorise un dernier coup d'œil au nom énigmatique et trop familier de Monsieur Diego Arturo Munoz.

14.

Je ne mangerai plus d'ananas blanc.

Il n'y a plus d'Afrique. Je n'aurai dorénavant plus aucune raison d'y aller. On ne me demande pas ce que j'en pense : dans un autre pays, un autre secteur m'est confié, que je dois faire semblant de connaître en un jour aussi bien que le précédent. Le directeur m'a dit que ce sera plus simple pour moi, que ma vie s'en trouvera facilitée. Qu'en quelque sorte, il fait tout ça pour moi.

Maintenant, je n'ai plus qu'à traverser la frontière après un trajet en avion si bref que j'ai à peine le temps de regarder autour de moi. Si ma secrétaire s'y prend bien, je peux être de retour à la maison en étant parti le matin même.

J'ai pensé toute une nuit à l'odeur de mes hôtels africains, au regard des bébés dans les bus de Lagos, à la vie qui ne s'y arrête jamais. J'ai longtemps pensé qu'en Afrique, aucun objet ne semble mourir et trouve toujours un nouvel usage inexploré jusqu'à finir invariablement en jouet – sorte de finalité ultime, d'éternité rafraîchissante. Je me suis longtemps souvenu de n'avoir fait que traverser tous ces pays. Parfois à bord de pick-up, parfois à bord de cockpits de petits coucous dans lesquels les pilotes ouvraient la vitre pour essuyer en plein vol la buée qui les empêchait de voir. Je n'y ai rien laissé, que des couverts sales, que des traces de valise dans la terre battue des frontières ou sur des mètres d'épaisses moquettes, que des empreintes de pied dans le sable en jouant du djembé avec quatre Sénégalais, face à la mer.

Je ne me suis même pas fait le serment d'y retourner, plus tard, comme cela arrive, parfois, pour se consoler.

Mon studio est jonché de babioles griffées du nom du constructeur automobile que je suis maintenant chargé de transporter. Je ne sais pas quoi faire de ces porte-clés, T-shirts, trousses, casquettes et autocollants que j'ai reçus par dizaines. Un jour, il faudra que je tire un sac poubelle de sous l'évier et que je le dépose sur le trottoir sans me faire remarquer. Je ne peux quand même pas les distribuer aux enfants de l'immeuble. Je vais en recevoir d'autres, des centaines d'autres. Quand j'ouvre la porte, la pièce sent le plastique.

*

Je voyage sans bagages en soute. Je n'ai pas le temps d'attendre. À peine suis-je descendu que déjà je suis pris en charge, comme dit le personnel. Je regarde au loin, en passant à toute allure, encadré par deux inconnus que je me dois de trouver sympathiques, les boutiques des aéroports et les affiches publicitaires, les lumières de la nuit et le visage de ceux qui sont venus ici parce qu'ils en avaient envie depuis longtemps. Ils m'emmènent en voiture jusqu'à mon hôtel. Ils m'attendent dans le hall le temps que je me change. Généralement, je ne me change pas. J'attends, estimant à la tête des types le temps qu'ils jugeront acceptable de rester en bas à ne rien faire. J'ai abandonné quelque part mon visage souriant et sans ambiguïté. Les gens que je visite ont tant de choses à me dire, ils suffisent à tenir une conversation et je n'ai pas besoin d'en rajouter. Ils ne notent aucune différence et me jugent même plus professionnel qu'avant. J'use de termes techniques que nous sommes les seuls à comprendre. J'adapte mon accent selon l'habileté de ceux que j'ai en face de moi. C'est une technique bien connue pour ne blesser personne. Je n'ai pas de vie, pas d'enfance, pas de passé. Je deviens tout ce qu'il y a de plus droit et de plus digne de confiance, parce que je sais me taire. Je m'économise en tout.

J'ai rendez-vous avec un certain Monsieur Munoz. J'entends parler de lui depuis des semaines. J'aurais dû me douter que Monsieur Munoz était pour moi.

Il m'est un parfait inconnu. Je saute les articles qui l'évoquent dans les revues qu'on croit bon de me proposer au carré VIP de l'aéroport. Il s'excuse, il n'a pu venir m'accueillir lui-même, mais met à ma disposition une voiture conduite par un chauffeur dont il a jugé inutile de préciser le nom, ainsi qu'une liste de lieux où me rendre, pour passer le temps jusqu'à ce soir.

Le printemps est bien plus avancé que chez nous, et je suis trop couvert. Il me reste quatre heures avant de le rejoindre.

Cet homme est censé me faire peur, je dois montrer de quoi je suis capable. Je l'imagine plus jeune que moi, la peau mate, le sourire rare, le charme imparfait, les yeux noirs qui ne disent rien et font semblant de regarder au fond de ceux des autres. On devine derrière sa chemise un torse entretenu pour l'usage, un ventre encore un peu trop rebondi. J'imagine qu'il tient mon directeur par la nuque et lui postillonne discrètement dans l'oreille quand il parle. Il faut comprendre : il est plus riche que lui mais laisse entendre que ça ne compte pas. À partir d'une certaine somme, il est normal que ça ne compte plus.

Je dois passer la soirée face à face avec lui dans son restaurant habituel, un petit local à l'écart d'une grande place animée le soir, l'*Osteria dell'Anima*. J'ai retenu l'adresse. Il faudra que je demande un plan à la réception de mon hôtel.

Cent fois, j'aurais pu ne pas prendre le chemin du retour, laisser ma place vide à la réunion où l'on m'attendait, me lever avant le dessert et prétexter un appel urgent. J'aurais pu attendre que la nuit tombe avec moi sur la plage de Soumbédioune. Me perdre dans la foule d'Abidjan aux rues que je connais aussi mal qu'un touriste débarqué. Sauter de la voiture en marche à un feu rouge cassé, laisser mon client dormir d'un sommeil baveux sur le siège brûlant à côté de moi. J'aurais pu entrer dans un tabac chercher des cigarettes pour tout le monde et faire en sorte que nul ne m'en voie ressortir.

Dans mes cauchemars, deux ou trois hommes me recherchent, j'ai du mal à courir, mes jambes sont molles comme une figure surréaliste ; je traverse des champs immenses, des centres commerciaux déserts, des routes où l'on me voit à des centaines de kilomètres, et j'atterris dans un terrain vague, ou un bois qu'on vient de raser et dont il reste les dernières souches et les dernières branches mortes. J'imagine qu'en ne bougeant pas, je deviendrai invisible et que personne ne pourra me retrouver. Ils arrivent. Je cesse de respirer. Bien sûr, ils finissent à chaque fois par me voir, perché en haut d'un buisson ou debout à côté d'eux. Je ne suis pas assez fort pour leur échapper.

Il se trouve que le lieu de rendez-vous avec Monsieur Munoz se situe juste derrière l'hôtel. Peut-être me fera-t-il chercher si je tarde.

Mes pas m'ont mené tout en haut de la ville, à l'écart des touristes et des petites ruelles encombrées, trop belles et trop typiques pour vraiment m'émouvoir. J'ai longé un parc très sombre sur un petit chemin dallé. J'ai gravi quelques marches et je me suis retrouvé avec la ville à mes pieds, sur la place d'une chapelle grise d'où sortent, de temps en temps, quelques personnes qui discutent. Des jeunes jouent au basket un peu plus bas. Leurs cris et l'écho de la balle à la membrane tendue me rappellent les bruits du skatepark. Le chant d'une tourterelle nargue une vie que j'aurais laissée tomber en grandissant, et j'ai mal au cœur.

Je ne pense même pas aux paris que l'on fait, aux histoires que l'on raconte lors des dîners, à ce qu'on dit pour rire. Il n'est pas encore tard. J'ai tout mon temps pour redescendre de mon belvédère, marcher lentement le long des avenues vides, rentrer à l'hôtel en contournant la place du restaurant. J'ai de quoi passer une partie de la nuit n'importe où – une salle de cinéma, un bar à musique, une gare périphérique.

Je ne me sens ni fatigué ni las. Je ne suis pas malade ou à bout de nerfs. Ce n'est pas que je n'en puisse plus ou que je veuille laisser éclore des projets qui me rendraient vivant. C'est simplement : l'idée que je puisse laisser Monsieur Munoz manger seul à l'*Osteria dell'Anima* me rend ivre.

15.

C'est l'heure du déjeuner et la Zia est partie depuis longtemps, elle a seulement dit à Peppa qu'elle rentrerait dans « quelques jours », ce qui dans sa bouche ne voulait pas dire grand-chose, car, après tout, qu'est-ce que deux ou trois semaines, sinon une suite de quelques jours ? En outre, il était difficile de se fier à la taille de ses bagages pour deviner la durée de ses départs, elle qui n'emportait jamais qu'un seul sac, toujours le même, toujours à peine rempli. Elle achetait tout sur place. Elle ne revenait pourtant pas plus chargée. Laissait-elle des affaires chez des amis, dans des appartements où ils avaient l'habitude de se retrouver ? Ou passait-elle ses journées enfermée dans l'enclos rassurant d'un hôtel, avec pour seule parure le peignoir floqué de l'insigne de celui où elle se serait réfugiée ? La Zia n'avait jamais dû être belle, mais elle était différente, elle pouvait être drôle, loufoque, délirante, si bien qu'elle devait séduire même sans le vouloir. Avant ses départs, les lettres dans la coupelle de l'entrée disparaissaient.

Peppa ne lui posait pas de questions, bien que sa curiosité l'ait souvent poussée à la suivre du regard à travers les fenêtres du salon pour voir si quelqu'un l'attendait à la sortie de Fermagina. Elle n'avait jamais rien vu, et elle en avait conclu que la Zia devait tourner à l'angle de l'immeuble, puis traverser la rue et sortir par le chemin de la corniche. Cela signifiait qu'elle pouvait tout aussi bien s'en aller en bateau.

Officiellement, Peppa avait été employée pour s'occuper de la maison, faire le ménage, les courses, préparer quelques repas. Quand la Zia avait fait appel à elle, il n'avait jamais été question des enfants. Ils faisaient partie du même ensemble que le linge, les meubles et la vaisselle. Le petit frère marchait à peine, et il se jeta dans ses bras sans qu'elle ait eu le temps de demander d'où sortait ce bébé. Le soir, il pleura quand elle partit.

La Zia aurait été incapable de s'occuper de lui. Quant à Manuela, c'était déjà une petite fille qui, sans avoir besoin de recourir aux caprices ou de se rendre insupportable, refusait d'obéir. À la petite annonce de Peppa, on avait répondu : « Vous êtes tout à fait ce qu'il me faut. » On s'était moqué d'elle. Elle s'était mise en colère. Puis elle s'était sentie trop intriguée par les enfants, elle était revenue, leur était rapidement devenue indispensable, et elle était restée. Elle avait peu à peu quitté tous ses autres patrons pour leur consacrer ses journées. Quand elles se croisaient, la Zia se laissait tomber dans un fauteuil en s'exclamant :

– Ah ! Peppa ! Comment ferais-je sans vous ?

Et Peppa, la regardant de ses deux billes brunes, lui rétorquait qu'en réalité, il n'y a que des enfants ici, et plus le temps passe, plus vous devenez la cadette des deux autres.

Elle arrivait tôt le matin et repartait en général en milieu d'après-midi. Il flottait quelques heures encore derrière elle la rumeur de son parfum bon marché. Elle se déchaussait en arrivant et enfilait de vieilles espadrilles qu'elle laissait dans un sac plastique, et qui lui donnaient une démarche traînante. Ses bras, deux jambons fermes, transportaient d'une pièce à l'autre des piles de linge et de courses, de journaux et de chaussures, de bûches et de petit bois pris sous l'escalier du jardin quand le temps devenait humide. Elle vivait avec son mari à quelques rues de là, un mécanicien qui ne s'était jamais vraiment résolu à prendre sa retraite et qui proposait toujours ses services en distribuant un peu partout des petites vignettes avec son numéro de téléphone. Il se présentait encore comme le seul mécano de la région. Les nouvelles voitures se faisaient de plus en plus rares à Fermagina, les nouveaux habitants aussi. Fernando réparait encore les mêmes modèles, les yeux fermés, depuis des dizaines d'années.

Peppa avait dû s'adapter à la règle tacite de la maison d'éviter autant que possible de faire étalage public de sa tendresse. Elle avait senti que ses embrassades et ses mots doux étaient regardés par la Zia d'un œil plus incompréhensif que malveillant, tout de même assez sceptique pour la contraindre à ne pas recommencer.

Elle avait eu du mal à s'y faire, mais ce n'était pas à elle d'imposer sa vision de l'existence. Une fois assurée de son absence, elle laissait ses mains potelées se perdre librement dans les cheveux des enfants, elle les gâtait, à sa manière, en soignant davantage ses plats et en veillant toujours à ce qu'ils aient du linge repassé à se mettre, ou des draps propres dans lesquels dormir.

Ce soir, elle leur a préparé de quoi dîner, un poisson dans le four, des légumes sur les plaques de gaz refroidies, et elle les a laissés tout seuls. Dans la cuisine, ils ont allumé tout bas la radio. Ils ne dînent jamais dans la salle à manger quand la Zia n'est pas là. Manuela sert le petit frère. Elle le regarde. Il est encore très petit pour son âge et se faufile facilement là où personne n'aurait pensé qu'on puisse aller. Elle lui dit qu'il finira par grandir, d'un coup, et par la dépasser sans prévenir. Elle lui dit qu'il a de qui tenir.

Ce n'est pas le silence de l'appartement qu'ils craignaient, ni la nuit qui tombait sur Fermagina, mais des souvenirs revenus contre lesquels il fallait se donner de la force. Ils devenaient l'un pour l'autre, assis face à face, les témoins d'un même drame, ou les derniers survivants d'une longue lignée éteinte. La journée, en semaine, ou lorsque la Zia était là pour dîner avec eux, ils ne se racontaient pas grand-chose et n'étaient pas souvent ensemble. Manuela passait ses journées à la plage ou en promenade on ne savait trop où, et le petit frère bricolait dans sa chambre avec ses trouvailles sauvées des poubelles ou de l'indifférence des trottoirs. Il n'osait pas toujours frapper à la porte de Manuela, de peur que – il ne savait pas bien pourquoi –, après avoir fini sa cigarette ou son article de journal dans le jardin, la Zia ne les surprenne en train de parler tous les deux à voix basse et qu'elle ne lui dise alors, de sa voix autoritaire et détachée, qu'il est grand temps pour lui de regagner sa chambre, et qu'il n'a rien à faire ici, à une heure pareille.

Il se levait tout seul et n'avait pas besoin d'aide pour se préparer pour l'école, Peppa était souvent déjà là, repassant du linge dans la cuisine, elle lui tenait compagnie, et il aimait l'odeur de la vapeur et du linge propre. Elle l'appelait « petit bonhomme » dans la langue de ses parents :

– Alors *petit bonhomme*, tu as encore mis ton T-shirt à l'envers ?

Il haussait les épaules en souriant timidement. Il partait dans le matin de la Place, et faisait le trajet jusqu'à l'école en courant, son sac à dos rempli de cahiers dont le poids ballottait dans son dos, avec son souffle irrégulier qui lui donnait des points de côté. Quand il rentrait, Peppa était partie. Il traînait sur le chemin du retour et trouvait presque à chaque fois un gâteau ou une tarte qu'elle avait préparés sur une assiette. Il était rare que Manuela soit déjà là. Il l'attendait. Il la verrait reprendre sa place pour l'heure du dîner, c'était une certitude à laquelle il aurait dû se fier, mais lorsque le soleil déclinait et que personne n'était encore revenu, la panique le saisissait à l'idée que ce soir, peut-être, elle resterait là-bas. Il n'était alors plus capable de faire quoi que ce soit, excepté d'y penser.

L'agitation l'obligeait à se lever et à faire les cent pas dans l'appartement, guettant le bruit des siens dans l'escalier, allant même parfois jusqu'à sortir sur le palier et à pencher sa tête par-dessus la rampe. Il passait et repassait devant la porte de sa chambre sans oser l'ouvrir, par crainte de s'apercevoir que pendant tout ce temps, Manuela n'en était simplement pas sortie, et, confus et tout rouge, il lui faille lui avouer son attente et sa recherche d'elle.

Ses angoisses avaient beau s'être avérées vaines chaque soir, elles ne manquaient jamais de se gorger du temps qui le séparait des retrouvailles, ne cessant tout à fait que lorsqu'il entendait la porte s'ouvrir, prêt à la voir arriver les cheveux encore mouillés de ses bains de mer, le sourire inconscient et le pas tranquille, ne se doutant pas de ce qu'elle venait de lui faire vivre. C'était l'une des raisons pour lesquelles il ne parvenait pas à terminer ses devoirs, mais il n'aurait jamais pu dire une chose pareille, à personne, quitte à se forger, malgré lui, une réputation de dilettante et de je-m'en-foutiste.

Il allait chercher pour Manuela les dernières maquettes d'avion et de bateau qu'il construisait patiemment à son bureau, à l'abri des regards. Il ne les montrait jamais à la Zia. Il ignorait qu'en son absence, souvent, elle entrait dans sa chambre, y faisait quelques pas en maintenant ses bras le long du corps, ne touchant qu'avec les yeux, imaginant que la pièce pût être parcourue de rayons invisibles qui déclencheraient une alarme au moindre de ses mouvements.

Elle s'approchait du bureau et se penchait dans un silence religieux sur les petites maquettes. De tous ces bouts de rien assemblés entre eux, le petit frère faisait naître des avions de toutes formes, avec des moteurs et des blasons sur les ailes, des voiliers à coque de couleur, des ferrys à hublots, et ses préférés, qui dessinaient un sourire sur ses lèvres pincées, ceux où le petit frère, sur un carré de bois, mélangeait du sable et de la colle, appliquait des morceaux de tissus froissés peints en bleu, des ficelles enroulées comme des cordes d'amarrage, donnant naissance à une plage sur laquelle accostait un minuscule bateau à la voile blanche.

En ressortant sur la pointe des pieds, sans laisser aucune trace de son passage et sans rien regarder d'autre que ces navires, une nostalgie s'emparait d'elle ; elle pensait à ces enfants qui s'appliquent à dénicher le plus exceptionnel des coquillages pour l'offrir à leur mère à leur retour chez eux, alors, elle ne pouvait s'empêcher de regretter qu'aucun de ces bateaux n'ait été fait pour elle.

L'été, quand le crépuscule s'attarde, il aime aller marcher sur les chemins qui bordent Fermagina. Manuela guette ses sorties, elle le suit dans le noir. Un soir, il s'était arrêté pour la laisser le rejoindre, ils avaient marché longtemps ensemble, en silence, longeant la mer, jusqu'à ce que soudain l'un d'eux accélère la cadence pour dépasser l'autre, que le second l'imite, et qu'alors, toujours sans rien dire, chacun aille de plus en vite, les muscles raides, le souffle court, jusqu'à rejoindre la longue route, celle qui revient au village, pour enfin lâcher leurs jambes, laisser leurs pas claquer sur le bitume noir, et faire en sorte que leur rire ne ralentisse pas leur course.

Ils ne se ressemblaient pas. Ils aimaient se promener ensemble, et qu'on les nomme frère et sœur. Je ne saurais dire lequel des deux veillait sur l'autre.

Je n'eus pas beaucoup de mérite dans mon travail avec le petit frère. Je ne le compris que très tard, mais depuis que j'étais là, les retours de Manuela se faisaient de plus en plus tôt, et c'était suffisant.

16.

Au temps des toutes premières leçons, il m'observait avec de grands yeux farouches, se demandant certainement qui j'étais et quel rôle je pouvais jouer. Les professeurs comme moi n'existaient pas à Fermagina. Je n'aurais pas été surpris si l'on m'avait dit que la Zia avait aussi oublié de l'avertir de ma venue. Il ne prononçait pas un mot, me regardait m'installer, ne réagissant qu'à la grande dame lui demandant d'ouvrir ses manuels.

Nous ne les avons jamais utilisés. Je ne parvenais pas à me souvenir de mes propres leçons, si ce n'est que mon écriture était si laide, aux dires de mon institutrice, qu'elle vint un jour me tirer de la récréation pour jeter à la poubelle, devant moi, d'un seul geste, toutes les pages de mes cahiers, me laissant tétanisé, avec pour consigne de consacrer mes prochaines vacances à les recopier sur celles de mon voisin. J'étais déjà trop vieux pour me rappeler ce à quoi devait ressembler un cours destiné à de jeunes enfants, pourtant, devant ceux du petit frère, je n'eus pas plus envie que lui de les comprendre. Cela faisait des années que je n'avais pas tenu un stylo dans mes mains plus longtemps que pour tracer une signature. C'était donc cela, Lucio, être professeur ? Je ne tardai pas à comprendre ce que tu espérais de moi. Nous laissâmes la Zia préparer chaque jour les manuels avant mon arrivée, mais, une fois la porte refermée, nous prîmes bien garde de n'en ouvrir aucun.

Nous travaillons tous les jours sur la grande table en bois de la pièce où Manuela m'a fait atterrir, et que j'ai fini par appeler la *salle de séjour*, terme désuet dont j'ignore la définition exacte, mais qui me semble conjuguer au mieux les étagères de livres et les chaises. Les volets restent à demi-clos, et s'il est vrai, Manuela, que la pénombre conserve la fraîcheur des pièces en ces après-midi brûlants, elle m'empêche aussi, tu as raison, de discerner parfaitement les mots que je trace sur la page. Ils apparaissent comme à rebours de mon écriture, mon encre éblouit le papier, et dans ce jeu d'ombres chinoises, mes lettres ont quelque chose de méconnaissable qu'il me plaît d'observer, si bien que je ne t'ai jamais réclamé la lampe que tu m'avais proposé d'utiliser.

Au début de la leçon, il prend toujours place à ma droite, puis ne manque jamais de changer d'avis pour aller s'installer en face de moi. Il glisse, au cours de l'heure, comme le long d'une rambarde, sur la courbe de la table. Il observe les nouveaux cahiers que j'ai achetés pour nous, ouverts à l'envers devant lui, et si je lève le regard, je sais que je croiserai le sien. Il reste ainsi, penché au-dessus des devoirs, la tête touchant presque la mienne, à genoux sur sa chaise, pas loin de s'être complètement allongé, le crayon qu'il tient fermement au bout des doigts et les coudes qui reposent sans bouger sur le bois tiède. Le jour où je lui fis remarquer qu'il devait avoir du mal à suivre mes explications dans cette posture, il me répliqua qu'au contraire, il avait l'impression de mieux les comprendre ainsi.

Son regard interrogateur me scrute comme s'il cherchait un anneau auquel amarrer sa confiance et son adhésion. J'y retrouve parfois l'éclair ironique et taquin de celui de Manuela, et ce regard, peu à peu, commence à se détendre, à radoucir la corde raide de sa méfiance, me faisant penser à ces animaux qui, au bout de longues semaines de patience, de douceur, de ruse et de visites régulières, centimètre après centimètre, finissent par venir manger dans votre main. Quand une leçon retient son attention plus qu'une autre, je le surprends à retrouver le souffle court et sonore des enfants concentrés, abstraits du monde par le simple trait du dessin qu'ils sont en train de faire. Je souris. Nul ne peut savoir ce que j'éprouve alors. D'aucuns parleraient de satisfaction, de fierté, de contentement, de sentiment du devoir accompli, mais non, non, Lucio, ce que j'éprouve alors, ce n'est rien d'autre qu'une joie pure.

Il m'écoute en silence et ma voix seule résonne. Il m'écoute et boit chacun de mes mots, mais de ces enseignements improvisés, j'ignore ce qu'il retiendra et l'influence qu'ils pourront avoir, d'une manière ou d'une autre, sur sa vie à Fermagina. Je m'interroge sur ce que la Zia désigne par « un mauvais élève », et ce qu'elle veut me faire comprendre par là.

Nous reprenons tout depuis le début. Nous ne cherchons pas à suivre quoi que ce soit, ni à atteindre de but. Il en fera ce qu'il voudra. Je ne berce pas l'espoir qu'il devienne le premier de la classe. Je veux qu'il sache que ces devoirs si préoccupants ne sont rien de plus qu'un jeu, que là n'est pas le plus important. Je ne veux pas qu'il devienne comme moi.

Il est jeune encore, et mes espoirs, comme l'ardeur que je mets dans cette tâche, sont peut-être démesurés, mais je garde le rêve que, ses résultats s'améliorant, il acquière aux yeux des autres cette légitimité qui rendra toutes ses aspirations plausibles. Pour l'instant, je ne cherche pas à savoir ce qu'il ignore, ni ce qu'il a oublié ou ce qu'il peine à retenir. Son attention calme et le plaisir manifeste qui est devenu le sien quand nous nous installons me rassure. Ainsi, je pourrai me défendre d'être tout à fait un imposteur.

17.

Tandis que j'apprends à habiter cette nouvelle peau de professeur, Fermagina entre dans ses mois les plus chauds. Les principales heures de la journée se vivent terrés, et s'alanguissent dans une parenthèse qui ne se ferme qu'au soir, lorsque la vie reprend son souffle.

À dix heures, il est déjà trop tard pour décider quoi que ce soit. Chacun se fige là où la chaleur l'a surpris, et n'en bouge plus avant qu'elle ne décroisse. La pêche est terminée depuis longtemps, tous les plus beaux poissons ont déjà été disputés, et le marché amorce sa fin. Il faut se lever tôt, ces jours-là, pour avoir une chance de participer aux seuls événements de la journée. Ensuite, c'est une ville suspendue et tremblante qu'on traverse sous un ciel bleu, hilare de son indépendance. Malgré tout – et ceux qui vivent sous de tels cieux le savent bien –, la vie ne s'arrête jamais tout à fait. Rares sont les raisons suffisantes pour oser se déplacer dans les ruelles, mais, derrière les persiennes des échoppes et les rideaux des vieillards, une vie secrète se poursuit, comme dans ces tableaux dont la face naïve et triviale dissimule, lorsqu'on la retourne, un revers imprévisible.

Quelques hommes arpentent encore les rues, l'air certain de leur destination. L'épicier, devant un ventilateur, retient les pages de ses mots croisés et suçote un vieux crayon plat de menuisier. Les plus jeunes élèves de Fermagina travaillent encore pour quelques jours à l'abri des épais murs de l'école. Les ouvriers s'activent aux heures les plus chaudes. La morsure du soleil leur entame le front. Ils sont comme des hommes revenus des mythes, imperturbables, à la carapace de plomb, aux gestes ralentis. Ils œuvrent en silence, et l'on n'entend que la rumeur habituelle d'un chantier qui pourrait être celui de n'importe quelle ville du monde. À Lagos, je me souviens que les jeunes gens vendaient la force de leurs bras à la journée.

Au café, l'un des vieux me l'a expliqué ainsi :

– Que veux-tu ? Il faut bien continuer à faire tourner le village !

Et cette expression, usant des mêmes mots que ceux de mon directeur, m'a fait sourire, lui donnant peut-être l'impression que je me moquais de lui. Et j'ai pensé que, tout compte fait, le vieillard avait raison. Fermagina a ses propres prétentions ; elle ne revendique rien ni ne cherche à faire reconnaître quoi que ce soit. Elle a tout autant la peur des ruines et l'orgueil de se maintenir. Réparer, construire, reproduire, voilà les principales missions pour lesquelles travaillent les hommes des villes et des campagnes. J'admire autant que je redoute ces petites forces qui s'acharnent à les garder vivantes, parfois au détriment de leurs propres existences.

La soif goulue du mieux et la course d'un monde à rattraper n'a pas encore piqué Fermagina de sa fièvre, mais je sens frémir, chez ces enfants à qui l'on apprend à partir, la peur du désolement et la conscience d'une vie humble et difficile, peut-être plus ingrate qu'ailleurs. L'obsession de l'avenir qui tourmente la Zia est celle de ces mourants, résignés à leur condamnation, pressant le mariage des aînés pour les chasser d'un foyer gangrené. Ces pensées me traversent, et j'essaye de ne pas les prendre trop au sérieux.

Je n'ai pas oublié l'Afrique. Je la cherche partout, comme doivent le faire pour moi Monsieur Munoz, mon directeur, mes associés. J'attends qu'ils me retrouvent. J'attends d'être certain de ne jamais devoir rentrer. Sur la jetée du port, quand il fait encore frais, il m'arrive d'attendre le retour des pêcheurs. Je vais et je viens le long du quai, tandis que la lumière engourdie du matin se ravive peu à peu et que les clapotis s'estompent sous le réveil en fugue des moteurs, des voix, des cagettes et des chaînes en acier. Les bollards rouillés sont poisseux d'algues et de sel.

Quelques silhouettes se détachent. Elles se saluent de loin et n'échangent rien d'autre que des mots innocents, tels des lutteurs complices, déjà ennemis dans le duel qui les confrontera bientôt. Tous savent qu'il ne faut pas attendre l'heure du marché indiquée sur un panneau du port pour espérer trouver la plus belle marchandise, pour la saisir au meilleur prix.

Les bateaux sont envahis de tous les côtés. Les cris fusent. On brandit les prises et on se pousse du coude. Tout le monde a été là le premier, le plus rapide à réagir. Le dernier poulpe se joue à une fraction de seconde. Les pêcheurs parlent peu, et réagissent par gestes placides et regards indolents. « La force est toujours tranquille », dirait Lucio.

Je ne viens pas pour le poisson. Je regarde de loin une corrida aux règles que je comprends parce qu'elles sont les mêmes que là-bas. Les prix vont décroissant – réagir trop tard, c'est perdre. Il faut connaître les saisons, les goûts des autres acheteurs, les modes, qui existent ici aussi bien qu'ailleurs. C'est, comme partout, la règle du plus fort. La chance n'existe pas, ou qu'un matin par an. Derrière eux, dans ma tête, je lève la main et je pousse un cri quand je sens que le moment est venu. Je gagne à chaque fois.

18.

Pour moi, les chaudes heures de la journée s'écoulent chez Armando. Le café reste ouvert, mais rares sont ceux qui s'y attardent. Les mouches dessinent leurs polygones au plafond et s'esquivent d'un virage. La treille de la terrasse grésille sous le zénith. Armando nettoie ses verres, arrange ses tables et ses bouteilles, puis lave les carreaux du sol avec un produit aux reflets bleus et à l'odeur mentholée qui se répand dans la salle. Le long du mur, quelques chaises en bois sont disposées autour de minuscules tables rondes. Au fond, une porte ouvre sur un terrain qu'on traverse pour utiliser les toilettes – un bloc de ciment recouvert de vigne vierge.

On accède aux appartements des étages par un escalier raide derrière le comptoir. Il n'est pas rare de voir descendre et remonter au cours de la journée les habitants qui n'ont d'autre choix que de passer par la salle du café pour entrer et sortir de chez eux. Tout le monde les connaît. Armando est là depuis vingt ans. Il a encore la tête de celui qui vient d'arriver. Il colporte ses ragots ici et là et s'en débarrasse dans mon oreille. Il habite le premier étage. Les fenêtres donnent sur la terrasse. Un appartement composé d'une petite chambre, d'une salle d'eau et d'un salon au papier peint jaune clair. Il n'a pas besoin de cuisine. Il prend ses repas dans celle du café.

Un tapis aux motifs fondus, une table aux pieds ronds, un fauteuil inconfortable devant la fenêtre, et un buffet, à gauche de l'entrée, sur lequel est posé, à côté d'un vide-poches, une photo de son épouse dans un cadre écaillé. Voilà à peu près tout ce que possède Armando. Son lit étroit est toujours parfaitement fait et recouvert d'un dessus en coton bleu layette. Dans la pièce principale, un jeu d'échecs se tient immobile sur une table basse près du fauteuil. Il a conservé les livres préférés de sa femme sur une étagère dans la chambre.

Il n'a pas cette nostalgie fréquente chez les propriétaires de café d'un âge d'or dont son établissement, aussi humble soit-il, aurait été le témoin et n'en serait pas revenu ; un temps de musique et d'insouciance, de jeunesse, d'abondance et de gaieté. Les amis sont parfois morts et les portraits sur les murs ne parlent plus qu'à quelques-uns, mais ni les visiteurs, ni leurs conversations, ni les heures creuses ne marquent sensiblement leur différence avec celles d'hier. Qu'il est étrange de ne rien attendre de demain. Qu'il est étrange surtout de trop en espérer.

Il me demande sans cesse d'où je viens, ce que j'ai fait de ma vie, il me dit qu'à lui je peux le raconter sans crainte, et que d'ailleurs, se taire ou parler, à ce stade de vérités qui courent à mon sujet, cela revient au même. Je ne sais pas s'il bluffe, et je baisse les yeux en regardant autour de moi. Je n'ose pas lui dire, pas plus qu'aux autres, que les dizaines de personnes qui m'ont recherché pendant quarante-huit heures m'ont déjà remplacé, que personne n'a quitté son bureau pour me trouver ici. J'aimerais tout de même lui demander de me protéger dans son local au fond du terrain si d'aventure un homme ressemblant à Monsieur Munoz passait la porte du village. Je le regarde, et j'essaye de me convaincre que je ne suis pas venu pour rester, que je suis venu pour attendre qu'ils osent arriver jusqu'ici, que j'aurais dû repartir il y a des semaines déjà, que la blague a assez duré, mais des yeux comme des vitraux me demandent d'attendre encore un peu que le temps passe.

Parfois, j'ai envie de lancer à Armando, pour voir ce qu'il en ferait : « Téléphone à ce numéro et dit que tu me connais », il rirait entre ses oreilles un peu décollées – *Ma chi sei, tu, povero Pezzettino ?* – et pour cause : le jour où quelqu'un viendra et demandera mon nom, on lui répondra que je ne suis pas d'ici.

19.

La Zia a parlé de moi à ses amies. De plus en plus souvent, je suis arrêté par des femmes que je croise aux abords de l'école, à l'épicerie ou en traversant la Place. Elles s'approchent, discrètes, s'imaginant que je connais déjà la raison qui les pousse à « m'importuner ». Elles m'expliquent que la Zia ne tarit pas d'éloges à mon égard, qu'elles ignoraient qu'existait à Fermagina ce jeune professeur méritant et serviable qu'elles attendaient toutes et qu'elles ont tant regretté. Elles finissent toujours par présenter leur enfant comme le moins studieux de tous, celui pour lequel l'avenir est le plus à craindre. Elles m'assurent que mon prix sera le leur – la Zia prenait toujours soin de me laisser une enveloppe, que j'oubliais fréquemment, à côté des lettres sur le guéridon de l'entrée.

J'accepte toujours, je réponds toujours oui à leurs demandes, je n'ai pas le temps de dire grand-chose d'autre, elles me laissent une adresse ou un numéro de téléphone sur des papiers cartonnés, ou sur un morceau de feuille arraché du cahier d'un de leurs enfants.

Elles se disent soulagées. Je ne peux pas croire que c'est de moi qu'il s'agit. La vraie chance est davantage la leur que celle de leurs petits ; les journées ne sont pas si longues et les devoirs prennent peu de temps, mais elles craignent de mal faire – décidément, professeur, mais qu'es-tu allé chercher là, Lucio ?

Je suis, comme me dira l'une d'elles avec émotion, « l'assurance de leur réussite ». Et les pères, me direz-vous ? Ils comptent sur leur femme pour décider de tout.

J'ai vite choisi de laisser faire les enfants. J'ai confiance en leur écoute, en leur curiosité, peut-être aussi en leur peur de décevoir, certainement plus grande encore que la mienne. Ils ignorent ce dont ils sont capables. Pour le reste, ils n'ont pas besoin de moi.

Ils me regardent. L'audace me prend de leur inventer des histoires pour leur faire mieux comprendre les leçons difficiles. Je leur apporte des textes que j'aime, que je tire parfois des livres de ma chambre. Un exercice réussi, c'est une victoire, mais ça ne veut rien dire. Je répète aux plus rebelles, aux plus futés, que l'école a ses règles, qu'ils se fatigueront précocement à ne pas vouloir les jouer un temps. Je sais pourtant que cette révolte n'est pas dérisoire, combien elle leur permettra de goûter ce que les autres voient mal. Se fondre dans le moule sans rien perdre de sa forme, c'est l'amer passage pour entrer dans la vie. Les grands enfants ne le comprennent que trop bien pour l'accepter facilement.

Les hautes portes des plus belles maisons de Fermagina me sont ouvertes, et j'y entre sur la pointe des pieds. On m'offre des chaises sur lesquelles m'installer et des tasses de café avant que je m'en aille. On range les pièces en vue de mon arrivée, on débarrasse les tables, on accroche les vestes au portemanteau. On s'intéresse à moi. Je discute avec les femmes qui m'accueillent. Leurs sourires amicaux me rassurent. J'ai l'impression que l'on me passe tout. J'apprends les odeurs, les accents, les mobiliers et les habitudes. J'écoute derrière les portes le silence des grands rideaux, la propreté des cuisines. J'aime les vies que j'y devine, auxquelles je n'appartiens pas, et dont je m'imagine être si proche.

À l'heure dite, il y a seulement une porte ouverte et un enfant qui salue ses camarades, sur le porche d'en face, pour venir avec moi. On jugera ce travail risible, peu ambitieux, trompeur. Rien d'autre qu'un alibi. J'ai oublié ce que j'ai dû en penser un jour. Je ne peux rien prétendre. Les apparences ne me touchent plus. Après tout, je donne autant qu'il m'est possible de donner, et, de mémoire, pour la première fois de ma vie, tout effort dans ce sens ne me paraît pas vain.

Je me juge cruel d'arriver à ces heures de liberté que j'usurpe, mais qu'y faire ? J'aime savoir que ces rendez-vous après l'école m'attendent au bout de mes journées. Aucun d'eux n'a jamais traîné les pieds. Je n'ai jamais eu à essuyer une plainte. Ils m'avouent parfois qu'ils n'ont pas compris, ou qu'ils n'y arrivent pas, ils ne soupirent jamais, même lorsque leur incompréhension leur fait venir les larmes aux yeux. Peut-être n'osent-ils pas encore m'opposer de résistance. Les enfants de Fermagina me semblent bien obéissants, derrière leurs regards espiègles et leurs démarches de filous.

20.

Le petit garçon de Madame Clerico cache une quiétude secrète derrière un trop-plein de vie. Sa mère l'habille de T-shirts rayés et de tennis blanches qui se salissent trop vite. Je le reconnais de loin. Il me raconte qu'il aime le football, les billes – il me montre ses dernières prises – et les leçons de géométrie. Il revient toujours les jambes poussiéreuses et le majeur droit taché d'encre. Chez eux, nous nous installons dans la salle à manger du rez-de-chaussée, face aux grandes fenêtres qui ouvrent sur un jardinet presque à l'abandon. « Je vous laisse tranquille » sont les mots d'accueil et d'au revoir de Madame Clerico, une formule qu'elle réitère chaque semaine avant de quitter la maison. J'ai compris plus tard qu'elle profitait de cette heure de solitude pour rejoindre des amies, prendre une glace sur les marches de la Place, courir sur les galets le temps d'un bain de mer. C'était pour elle son heure de jeunesse. Le métier de mère, pour les femmes de Fermagina, est une robe qu'elles enfilent, un maquillage qui leur va bien, mais dont elles aiment se délester promptement sans prévenir personne.

Ce soir, le petit Clerico est triste et a envie d'autre chose. Je vois bien qu'il ne m'écoute plus. Il ne s'aperçoit même pas que j'ai arrêté de parler depuis longtemps. Il observe le fond du jardin par la fenêtre. Je le sens plein de rêves qu'il n'ose pas formuler. L'enfance est intacte et triste de son manque de mots.

Il n'a pas terminé le verre de lait que sa mère lui prépare tous les jours au retour de l'école. Lui aussi doit trouver ça indigeste. On entend le discours d'une télévision chez les voisins et des odeurs de repas qui se préparent. C'est la fin d'un jour de semaine. Les adultes rentrent du travail. Le petit regarde toujours dehors. Il fixe le même point et joue à gratter sous ses ongles, les mains suspendues au-dessus de son cahier. Nous restons muets côte à côte. Il y a des leçons qui se passent ainsi, et c'est tout ce que nous apprendrons l'un de l'autre, ce soir.

Je me souviens de mes propres sorties de classe, quand les jours rallongeaient, et que les groupes de parents s'attardaient sur les pavés devant la porte. Au début de l'année, notre instituteur nous présentait un tableau auquel il se référerait pour désigner, chaque semaine, un nouveau duo d'élèves chargés de ranger la classe après le départ de tous les autres. Lorsque votre tour tombera, nous expliquait-il, il faudra bien penser à prévenir vos parents que, cette semaine, vous aurez quelques minutes de retard.

Les tâches étaient simples. Un tissu-éponge trempé dans un seau d'eau servirait à nettoyer le tableau. Il faudrait ensuite retourner les chaises sur les tables, puis sortir sous le préau frapper le tampon contre le mur et le débarrasser de sa couche de craie. Je me souviens des grandes traînées sombres et mouillées qui remettaient à plat, sur le tableau vert et froid, toutes les leçons du jour. Je me souviens surtout des nuages de poussière bleue, rouge et verte qui s'élevaient en fumerolles, de cette responsabilité que je faisais durer, pour admirer le muret qui portait encore la marque, lorsqu'il n'avait pas plu, des traces bleues, rouges et vertes des jours précédents. Mes mains sentent l'orange de la cantine. J'attends la semaine où ce travail me sera confié. L'école est silencieuse et la grande cour déserte. Dans un coin, notre instituteur discute à voix basse avec ceux des autres classes. C'est une petite école qui me paraît immense. Pour sonner la cloche, il faut se rendre jusqu'au bureau de la directrice, au fond du couloir jaune, monter sur une chaise, ouvrir le loquet d'une petite porte vitrée, comme celle d'un tabernacle, et abaisser en retenant son souffle un interrupteur de cuivre miniature.

Je ne suis pas retourné dans ce village de mon enfance. Sans doute n'y retournerai-je jamais. J'évite de trop y penser. La maison où j'ai habité a été rachetée par un couple de designers qui ont repeint les cadres des fenêtres en noir et ont déplacé le chèvrefeuille dans l'ombre, au fond du jardin. Je préférerais que tout cela – la sonnerie de l'école, les rues en pente, l'arbre devant l'école où l'on joue à cochon-pendu et la peur que personne ne vienne me chercher – n'existe plus.

*

Pour rentrer de chez la famille Clerico, je traverse des chemins étroits qui coupent au milieu des vergers, des pâtures, des jardins, sans véritable limite. C'est le début des terres, et les familles des enfants ne sont déjà plus celles des pêcheurs de mon quartier. Je croise des hommes qui reviennent chez eux à scooter, d'autres qui s'en vont profiter du soir au village. On me reconnaît à la pochette de cuir que je coince sous mon bras, on me salue d'un sourire ou d'un coup de Klaxon qui me fait sursauter. Aucune traînée d'avion ne strie le ciel quand il se couche. Là-bas, d'où je viens, on pouvait se perdre dans leur décompte. À bord des voitures, je scrutais leur bavure et m'abîmais les yeux en essayant de percevoir le moment exact où elle disparaîtrait. Mais je n'ai jamais été tout à fait sûr de moi.

Les soirs de l'île me serrent le cœur, j'ai peur de ne pas comprendre, de passer à côté de ce ciel immense qui ne peut pas être fait pour moi, d'assister en clandestin à un spectacle pour lequel, trop pauvre, je n'ai pas pu payer ma place. J'ai vu bien plus impressionnant, mais plus rien d'autre ne m'impressionne.

Sur les bords du chemin, dans la chaleur sans souffle d'une fin de journée, mon odeur remonte le long de ma nuque, la poussière change la teinte de mes chaussures, et dans tout ce qui frémit et se balance, ce sont des éclats de moi-même, tous les éclats de moi-même qui me reviennent et se rassemblent ; ils sont innombrables, ils murmurent autour de moi, ils brillent sur ma route pour que je ne passe pas à côté d'eux sans les voir, je proteste, ne connaissais-je déjà pas tout de moi, n'ai-je pas déjà fait trop de pas au-delà ? Mais non, tu es propre comme un drap sur la corde, tu es cette palme verte qui se balance dans le soir, et s'il te semble, la nuit venue, n'être pas davantage qu'un papillon qui a perdu la poudre de ses ailes et qui ne peut rien faire d'autre que de sautiller contre une fenêtre close en espérant toujours rejoindre le ciel, si ta solitude te noue le cœur au point d'enserrer tes épaules de tes mains, tu sauras maintenant que tu es malgré tout plus que ton image à tes yeux, Pezzettino.

21.

L'école est terminée mais la Zia a insisté pour que je reste pendant les vacances. Elle n'a pas demandé son avis au petit frère, pas même le mien à vrai dire, mais qui sait, si je m'étais éclipsé, ce qu'elle aurait trouvé pour lui ? Je me sens responsable ; je ne veux pas le laisser seul.

Nous nous sommes mis d'accord. Elle a sorti devant moi un carnet griffonné d'un algorithme étrange, selon lequel deux heures de travail tous les deux jours ne seraient pas un luxe. Pour finir, en bas de la page, elle a inscrit la somme qu'elle me devrait. J'ai essayé d'avancer les progrès du petit frère, de vanter son intelligence. Elle fit une mine embarrassée, on eût dit qu'elle transmettait les décisions irrévocables d'un responsable plus haut placé qu'elle. Je viendrai donc les jours pairs, entre quatorze et seize heures. Je notai que c'étaient les heures les plus chaudes de l'après-midi, celles où l'on ne fait rien, et je pensai déjà au refuge de silence et de fraîcheur des lourds volets refermés, pendant que Manuela, dans sa chambre à l'étage, déboutonnerait son pantalon pour faire la sieste sur son lit.

Le petit frère est patient, ce qu'il a pensé de cette nouvelle, son visage n'en a rien trahi, comme si elle avait été inscrite dans l'ordre des choses, comme s'il avait été incapable de s'opposer farouchement à une décision, quelle qu'elle fût. Je sais pourtant de Manuela qu'il lui arrive de se mettre en colère, à sa façon, en devenant tout rouge et en verrouillant son visage, ce qui le fait paraître tout d'un coup beaucoup plus vieux, derrière ce qu'elle appelle « son air contrit ». Le premier jour des vacances, il arriva à l'heure, mais je ne manquai pas de remarquer dans cette ponctualité un désir d'en finir au plus vite. Je lui dis qu'il n'était rien de ce qu'on essayait de lui faire croire. Je lui dis que nous tricherions, que nous terminerions plus tôt parce qu'il n'en avait pas besoin. Je m'imaginais lui dire ce qu'il n'avait jamais entendu de personne. De l'autre côté de la table, je le vis redresser vers moi les yeux ronds de l'enfant qu'il était encore, et me répondre simplement : « Je m'ennuie souvent. Ça ne me dérange pas de travailler avec vous. »

Ce fut la première, et l'une des seules confidences qu'il me fit.

Je prends l'habitude, avant de le retrouver, de fouiller dans les bacs du bouquiniste de Fermagina. Je suis à la recherche d'une collection qui éditait il y a plusieurs années des reproductions de peintures célèbres. Je lui lis à voix haute des poèmes, retrouvés dans des recueils que le bouquiniste me brade. Il arrive aussi que je lui récite de mémoire quelques-unes de mes strophes préférées, avant d'en recopier certaines à sa demande, dans son cahier à spirale. Avec de vieux bouts de crayons qu'il est allé chercher, je dessine sur des feuilles les routes maritimes, les pays d'Afrique, les cultures et les gisements. Je lui parle des ananas blancs devant ses yeux à l'expression indéchiffrable. J'ignore ce qu'il pense de tout ça. J'aimerais lui donner quelques instants de répit, d'oubli d'une tristesse qu'il semble ignorer et que ses postures trahissent pourtant. Il arrive que mes doutes s'estompent, et que je me laisse porter par le flux de ma voix comme par celle d'un autre. Je me prends au jeu de ce précepteur de l'après-midi, un peu gauche, rapiécé et mal à l'aise ; il me semble alors découvrir en même temps que lui ces discours et exercices élémentaires, ces géographies, ces calculs et vérités que personne ne lui demande de connaître. Quand la fin de la leçon approche, il regarde nos croquis une dernière fois, d'un air savant, interloqué, circonspect, mais fier, je le sens, de ce que nous avons fait, puis les range doucement, un à un, dans une pochette à rabats élastiques.

*

Les portes de l'appartement se ressemblent toutes, avec leur hauteur démesurée et leur étroitesse à deux battants que j'ouvre avec précaution, de peur que leurs gonds ne me lâchent entre les mains. Je m'interroge sur le propriétaire de ces hauts murs, de cette enfilade interminable de pièces inoccupées qui semblent nous être interdites. La Zia ne peut que venir d'ailleurs. Je ne l'imagine pas jeter son dévolu sur une telle bâtisse, au centre d'une Place sans avenir. Occupent-ils tous les trois la propriété d'une riche connaissance, d'un ami de la Zia qui les loge gracieusement, tout calfeutré qu'il est dans sa dernière acquisition ? Et les parents de Manuela ? Cet équilibre fragile m'inquiète. Je crains, lorsque je passe la porte, de tomber nez à nez avec ce lointain parent qui m'en demandera les clés, et qui m'informera, avec courtoisie mais sans détours, qu'il est inutile que je revienne. Que deviendrons-nous alors ?

Les effluves de la Place sous les fenêtres s'éloignent et s'étirent. Le monde est un disque assoupi sur sa platine. Il n'y a que ces chaises, leur corde qui finit par piquer en transperçant les vêtements, la table en bois, la citronnade que Peppa nous sert en milieu de leçon, avec l'ombre de nos deux verres qui scintille sur les cahiers.

Il y a les pas de Manuela que je guette, devenus dès leur rencontre comme la seule mesure possible des soubresauts de mon existence.

22.

Nous sommes déjà à la moitié du mois, et la présence de la Zia se fait de plus en plus rare. Nous ne nous croisons quasi plus. Je commence à croire qu'elle nous a oubliés, que nous nous sommes fondus dans le décor de ce *séjour* inhabité tels de nouveaux meubles à l'éclat qui n'intéresse plus personne. L'appartement est presque à nous.

Peppa traverse le séjour et fait semblant de chercher quelque chose, mais, par le peu d'attention que trahissent ses gestes lents, je devine qu'elle écoute d'une oreille curieuse nos conversations animées. Elle s'arrête au milieu de la pièce et nous regarde l'un après l'autre. Ses allées et venues dans le long couloir lui donnent chaud. Sa lourde poitrine se gonfle et s'abaisse pesamment. La transpiration se mêle à l'odeur un peu passée de son parfum.

– Vous êtes bien trop malins pour moi tous les deux ! J'abandonne.

Elle redresse vers elle le menton du petit frère :

– Mais dis-moi, *petit bonhomme*, c'est qu'on est en train de faire de toi l'intellectuel de la famille…

Nous avons fait et refait le tour du programme. Les calculs sont devenus des énigmes, juste bonnes pour les dernières pages des magazines. Nous les avons laissés de côté. Les leçons n'en sont plus. Elles ont fait place à de longues discussions qui s'étirent autour de l'astronomie, de la navigation, de l'architecture et des sciences naturelles. Le petit frère lit tout ce que je lui apporte. Tout ce qui vole, nage, flotte ou roule le passionne. Il me raconte que son grand-père était ingénieur dans la défense navale, qu'il devait garder secret son lieu de travail, et que sa grand-mère passait parfois des semaines sans savoir où il était, avec l'interdiction de chercher à le joindre. Où est-il, petit frère, ce grand-père dont on t'a raconté l'histoire ?

Je lui promets de lui trouver un livre sur les sous-marins. J'avais sur le rebords de ma fenêtre une maquette en aluminium du *Redoutable* qui m'a suivi partout jusqu'à mon départ pour Fermagina. Je regrette de ne pas l'avoir emmenée dans mon bagage, mais comment aurais-je pu savoir ?

Le bouquiniste n'a pas de livre sur la marine. Il me demande de patienter tandis qu'il s'éloigne en gloussant au fond de sa boutique. Ses trésors sont nombreux. Les livres s'entassent sur des étagères qui montent jusqu'au plafond. Çà et là, des tabourets à roulettes l'aident à atteindre les plus hauts ouvrages au nom illisible. Pour une raison inconnue, il porte une blouse blanche aux larges poches qui lui donne un air de chimiste.

– *Ho qualcos'altro per il tuo scolaretto !*

Il revient avec sa figure ronde, ses bouclettes noires clairsemées, et un large et épais album au bout des bras. C'est un atlas qu'il a mis de côté pour moi en le trouvant dans ses cartons. J'observe la couverture bleue et verte. Il date un peu. Certains pays n'existaient déjà plus depuis longtemps quand le petit frère est né. Les frontières ont changé depuis, les données démographiques font sourire, de même que le nom de certaines capitales que j'ai moi-même pris l'habitude d'appeler autrement. Mais les couleurs sont encore très belles, les cartes nombreuses, il ne manque rien et je sais qu'il sera content. Un jour, j'espère pouvoir lui en trouver un neuf. Ou peut-être est-ce lui qui me le rapportera de loin, quand il aura quitté l'île et qu'il reviendra, souriant, barbu, et bien plus grand que moi.

Penché sur la table, je lui révèle le secret des légendes colorées. Nous cherchons Fermagina sur une carte à l'échelle réduite, mais nous ne la trouvons pas. Il n'y a que le nom de l'île, que nous nous appliquons longtemps à repérer, indiscernable, perdu dans la mer. En continuant à tourner les pages, nous finissons par tomber sur une carte détaillée de l'agglomération d'où je viens. Au début, je ne la reconnais pas. Les artères et les banlieues s'étendent en un cercle concentrique, emmêlant leurs tentacules, progressant et refluant comme les nuages d'électrons d'un atome vers le noyau originel de la ville. Je reste interdit devant ces noms que j'étais si près d'oublier et qui reviennent aujourd'hui, maintenant, incongrus, indésirés, dans ce salon qu'ils n'auraient jamais dû connaître. Pourquoi ?

*

Je suis dans un taxi, dans une voiture que je ne conduis pas. Il y a longtemps que je ne conduis plus. Je me laisse rouler sur une autoroute mauve, grise et bleue, je vogue entre des sorties de péages, je passe sous des bretelles, dans des tunnels interminables éclairés de néons orange qui teintent la peau et me donnent la nausée derrière les vitres refermées. J'ai peur qu'un accident ne retienne les voitures et ne nous laisse bloqués pour toujours, mon conducteur et moi, ce parfait inconnu à qui je n'ai rien à dire. Il nous faudra alors passer, au ralenti, devant le spectacle de cette famille qui a pris sa voiture, comme nous, et qui se retrouve en rade, sur le bord du bitume, coincée comme un insecte dans la lumière orange, sans savoir comment finira cette journée.

Je reconnais des noms de villes nouvelles et d'aires d'autoroutes désertées.

Et il se met à pleuvoir. C'est vrai que le ciel était bas et menaçant depuis le début de la journée. J'observe la ramification des gouttes de pluies emportées par la vitesse le long de la vitre. Je me sens lentement étouffer. Mon conducteur n'aura jamais l'idée de l'ouvrir dans les embouteillages, et encore moins sous la pluie. De part et d'autre de la route s'alignent maintenant les longs bâtiments en tôle d'une zone industrielle et d'un centre commercial. Les enseignes fluorescentes nous lancent un sourire figé. Derrière la barrière grise qui délimite la route apparaissent et disparaissent, glacées à jamais dans leur posture comme sur des photographies, quelques silhouettes affairées sur les parkings. Par-delà les magasins où ces gens se réfugient en groupes, ce sont des étendues boueuses et désolées, rythmées çà et là par de petits bois d'où s'envolent avec paresse quelques oiseaux. Certains véhicules nous rejoignent de nulle part, arrivant d'un long chemin qui s'écarte de la route principale pour s'enfoncer vers je ne sais quel village ou ferme au charme résistant, dissimulé derrière l'horizon.

Je sais, je le sais bien, je n'ai même plus besoin d'y penser, mon chauffeur roule pour s'arrêter au bas de mon immeuble. Je sais qu'il me ramène chez moi, et j'espère encore, je rêve toujours qu'il ne le fera pas. C'est sans issue pourtant. Je ne peux pas attendre grand-chose de plus de cet homme taciturne qui est payé pour ça.

À travers ces courbes colorées à la logique hasardeuse mais implacable, j'arrive maintenant à lire les noms des rues derrière la pluie devenue opaque, la nuit qui est tombée, et les visages invisibles des passants. Ces rues de mon quartier, je les connais toutes par cœur, au même titre que les supérettes, les pharmacies, les magasins de meubles ou les boulangeries aux devantures guillerettes. Nous sommes presque arrivés, et je ferme les yeux, une habitude que j'ai prise pour me donner du courage. Le taxi freine. Une porte grince. Je me redresse. C'est Manuela.

– Mais d'où vient-il ce livre ? C'est vous qui nous l'avez apporté ? Ah, je sais, tu l'as encore trouvé chez le bouquiniste…

C'est une constante chez elle, cette alternance indécise à mon égard entre le *tu* et le *Lei*, en fonction de l'heure du jour et des mots qu'elle choisit pour sa phrase. Les questions ont toujours droit au *Lei*. Pour le reste, au milieu de l'après-midi, c'est le *tu* qui l'emporte.

– Oui… Mais c'est le bouquiniste qu'il faudra remercier. Il me l'a mis de côté.

J'aimerais pouvoir tourner la page sans que personne ne le remarque. Elle se penche sur l'ouvrage et pose sa main presque sur la mienne. Elle énumère les noms des villes en plissant les yeux, elle ne sait pas les prononcer correctement, comment le saurait-elle, elle qui vit si loin de tout cela, elle suit les routes et les légendes avec son doigt pointé, et dans sa voix, sous sa peau, la carte, seconde après seconde, n'est plus que l'exemplaire d'un dessin imprimé aux relents d'humidité et de papier jauni.

23.

Elle est grande, presque aussi grande que moi, et le secret marque la ligne de ses sourcils, au-dessus d'un regard qui clapote, quand elle vous observe, comme des vaguelettes sans vent sur les orteils du promeneur. J'ai envie de rafraîchir mes mains et mon visage dans la transparence de ses chemises, dans les courants d'air des plis de ses pantalons. Elle porte des vêtements sans prestige. Je n'ai jamais connu que les falbalas des grandes dames.

Je ne l'ai pas entendue nous rejoindre dans le séjour. Elle a le teint rose et les yeux qui sortent du sommeil. Elle porte une paire de mules en vieux cuir. Elle marche sans traîner les pieds, malgré cette sorte de lenteur et de nonchalance dans laquelle elle drape parfois ses gestes, et que cette paire de chaussures accentue. Je ne me retourne pas. Pas encore. Cette odeur d'agrume ne me trompe pas. « C'est la fleur d'Osmanthus », m'expliquera-t-elle plus tard. « Ça s'appelle comme ça. Vous connaissez ? Ce sont les premières fleurs du printemps. »

Le petit frère me pose une nouvelle question que je n'entends pas. Comment ai-je pu espérer lui apprendre la géographie avec ces pays disparus et ces campagnes qui n'en sont plus ? J'aurais dû essayer de lui trouver un atlas plus récent. J'ai été bête. Manuela a glissé près de nous et s'est assise sur le fauteuil qui nous fait face, près de la fenêtre. Elle a enlevé la mule de son pied droit pour le mettre en retiré sous sa cuisse gauche. Elle le maintient, sans bouger, les mains reposant sur sa cheville. C'est à mon tour d'espérer que le temps passe plus vite, que la leçon s'achève déjà. Pour quelle promesse ? Pour attraper quel espoir ? Je n'ai jamais appris à être ici autre chose qu'un professeur, et malgré tout, j'aimerais me retrouver tout seul avec toi.

Le petit frère attire mon attention sur la carte de l'Indochine avec sa forme d'hippocampe aux cheveux hirsutes. Il a lu des bandes dessinées qui se passent là-bas. Il n'a pas tout compris, c'était il y a longtemps, c'était des intrigues politiques qu'il n'a pas saisies, mais les personnages et les dessins lui ont plu. Qui a bien pu les lui donner ? C'est alors qu'il se lève, brusquement : il n'en a pas pour longtemps, il voudrait me les montrer, et il court dans le couloir pour les chercher dans sa chambre.

Il y aurait de quoi dire sur cette limace tordue aux antennes dressées, mais je n'ai pas le cœur à parler de l'Indochine. Je préférerais que nous refermions l'atlas, je préférerais demander à Manuela l'autorisation de la prendre en photo, comme ça, le pied droit sous la cuisse gauche, contre le rideau, dans un coin de la pièce, je la garderais longtemps, cette photo, et ce serait plus tard pour elle comme le portrait de sa jeunesse, du temps où nous ne nous connaissions pas encore, du temps où nous n'avions rien vécu, mais je ne sais pas où se trouve l'appareil photo dans cette maison, le temps que je revienne, elle aura déjà bougé.

– S'il est allé chercher ses BD vous en avez encore pour un moment. J'espère que vous connaissez bien l'Indochine...

Elle rit sans baisser le regard. Son pantalon blanc relevé lui découvre la cheville. Elle suit mon regard, puis se laisse regarder comme si je n'étais plus là. Elle pose ses yeux sur l'atlas, sur la bibliothèque, sur sa mule tombée à ses pieds. Elle pense, et je ne devine pas à quoi. Pardonne-moi, Manuela, il faut que je te regarde longtemps, pour que chaque grain de ta peau retrouve sa place dans l'ombre qui les délie.

– Quand vous aurez un peu de temps, j'aimerais vous montrer quelque chose, dit-elle en se redressant.

Je devine ses seins libres sous ses bretelles nouées sur l'épaule. Il fait toujours aussi sombre, et je me sens rougir.

Parmi les bandes dessinées du petit frère, j'en reconnais certaines que j'ai moi aussi possédées dans ma bibliothèque. Au petit déjeuner, mon père ne lisait pas le journal. Il lisait des bandes dessinées d'histoire. Il avalait ses dernières bouchées machinalement, tout absorbé qu'il était par sa lecture. Un jour, il a arrêté de les lire, il s'en est débarrassé, et je ne sais pas pourquoi.

Il y a des espions, des reporters, des Américains en tenue de soldat, des travailleurs dans des rizières, de riches propriétaires s'éventant derrière leur bureau. Des colons aux chapeaux ronds, leurs femmes aux jupons blancs, des enfants pauvres qui courent dans les rues souillées et étroites. Les soldats portent des vestes de toile fine. Mon père enseignait l'histoire, mais quelle drôle de lecture, pour un enfant de Fermagina.

Je lui raconte des récits aux mains sales. Le Tonkin, l'Annam, la Cochinchine, ces noms mystérieux dans la bouche, et les villes, Hanoï, Saïgon, les productions de riz, de canne à sucre, de caoutchouc et de coton indiquées sur la carte ; la guerre. J'égrène la pile qu'il a ramenée de sa chambre. Il y a presque toute l'histoire du monde.

– Et ça ? me demande-t-il en me tendant un album qu'il n'a pas encore lu.

– Ah, ça, c'est autre chose mon bonhomme. Ça, c'est Rome. Ton livre parle des Borgia.

Elle est venue rien que pour ça, pour m'écouter parler comme le professeur que je ne suis pas, alors je m'installe, une fesse sur un coin de la table, je me mets à parler de ce que je connais encore, de tout ce dont je me souviens et qui remonte en moi comme des bulles du fond d'un lac. Je fixe tantôt le fond du mur, tantôt la carte, tantôt le petit frère, pour ne pas revenir trop souvent à ce coin sombre d'où elle regarde.

Le petit frère hoche gravement la tête ; il attend la fin de ma phrase avec une question toujours au bord des lèvres. Je plaisante, je fais le pitre, je suis ridicule, pour la faire sourire. Elle reste pensive à la fin de mon histoire. Assise ainsi sur son fauteuil, les mains croisées sur sa cheville, elle dégage une assurance et une gravité qui me rappellent ces cours de dessin, avec une femme qui pose nue, immobile devant des dizaines de paires d'yeux, au naturel et à la sévérité qui, je m'en souviens encore, me laissèrent interdit lorsque je les vis la première fois, dans un livre de photographies.

Quel âge peut-elle avoir ? Je ne lui ai pas encore demandé. Ça ne change pas grand-chose. Je ne veux pas prendre le ton de ces hommes trop assurés qui prétendent avoir déjà tout deviné.

*

C'est aussi brusque qu'une porte qui claque sans qu'on puisse la retenir : le téléphone sonne quelque part dans l'appartement, si loin que je l'imagine retentir chez un voisin, inaccessible derrière plusieurs portes fermées.

– Il faudrait que quelqu'un aille répondre.

La voix de Manuela rompt notre silence. Le petit frère fait mine d'être trop concentré dans la lecture de l'atlas pour pouvoir réagir.

– Tu sais bien qu'il n'arrêtera pas de sonner si personne n'y va.

– Je n'aime pas lui répondre, dit-il sans relever la tête.

– Tu ne sais pas. C’est peut-être quelqu’un d’autre. L’heure de son appel est passée. Ce n’est peut-être personne.

Aucun de nous ne bouge. Le téléphone sonne toujours.

– S’il te plaît, supplie-t-elle maintenant.

Le petit frère laisse de nouveau passer quelques secondes, espérant que, pour une fois, la sonnerie se coupe d’elle-même, ou que Peppa, encore tapie quelque part dans l’appartement, finisse par décrocher ; il ne se passe rien, il sait que Peppa a fini plus tôt sa journée, que c’est donc son tour. Il se lève, très lentement, les yeux toujours fixés sur la carte où sa lecture a été interrompue, et il a l’air si embêté, si contrarié, si triste, que je suis prêt à lui proposer d’y aller moi, répondre au téléphone.

Elle a remis son pied dans sa mule. Le petit frère a laissé la porte ouverte derrière lui, et elle tend l’oreille vers le couloir. La sonnerie s’est tue, mais aucune voix ne nous parvient. C’est bientôt l’heure pour moi de replier mes affaires et de quitter l’appartement.

– Ce n’est pas grave, dit-elle, comme si c’étaient des choses qui arrivaient souvent et auxquelles il ne faut plus prêter attention.

Elle se lève, elle s’approche des fenêtres, et repousse violemment les volets contre la façade. La lumière nous éblouit. Elle surgit dans la pièce comme l’eau d’une outre percée. Les pages de l’atlas, ouvertes sur l’Indochine en plein jour, paraissent encore plus vieilles. Manuela s’est arrêtée à la dernière fenêtre, à l'autre bout de la pièce. Elle se penche vers la Place et ferme ses yeux au soleil. Elle sait qu'elle gaspille la fraîcheur préservée depuis ce matin. Agrippée à la rambarde en fer, les bras tendus, elle se laisse maintenant aller vers l'arrière. Il est facile de sentir combien le soleil brûle sur la peau en l'observant. Le même réconfort qu'après une longue nage dans l'eau froide.

Qui était-ce au téléphone ? Monsieur Diego Arturo Munoz ? Ton père, Manuela ? Mais ce n'est pas grave, m'as-tu dit, et en te regardant, je me demande si je pourrais moi aussi, comme toi, basculer en arrière, les yeux fermés au soleil.

24.

Peppa crut bon de tout m'apprendre d'eux. Un soir, alors que je m'apprêtais à partir, je l'entendis m'appeler de l'intérieur de la cuisine. Elle passa la tête dans le couloir pour vérifier que nous étions bien seuls, et repoussa la porte derrière elle :

– J'aimerais savoir ce que vous pensez de tout ça, commença-t-elle. Parce que vous devez bien en penser quelque chose. On ne m'a jamais caché ce qui se passe dans cette maison. Évidemment, je n'ai pas le droit d'en parler… Et, au bout d'un moment, vous comprenez, c'est trop lourd.

Elle avait prononcé *cette maison* comme pour éloigner un mauvais sort qui pourrait l'atteindre à son tour. Elle avait les joues très rouges. Je devais être la première personne à qui elle se confiait. Elle parlait vite, en baissant la voix.

– Je n'ai pas l'habitude de ces situations. Chez moi, les choses sont simples, on se comprend facilement. Ça fait vingt ans que je la connais. Elle ne sait rien faire pour elle, alors pour les autres, vous imaginez bien…

Les enfants ne disent rien. Tout de même, insista-t-elle en baissant la tête, si je les avais pris avec moi, dès le début, ça aurait été autre chose… Maintenant, c'est trop tard.

Sans s'en rendre compte, elle écartait un peu les doigts et les rapprochait de son ventre.

– Vous n'avez pas eu, vous, envie de les prendre avec vous dès que vous les avez vus ?

Elle me regarda, les yeux arrondis, en l'attente d'une réponse, d'une approbation. Il y avait un peu de café froid au fond de la cafetière. Je lui demandai de bien vouloir m'en servir. Elle avait de plus en plus de mal à respirer et s'assit à côté de moi en déposant deux sortes de mazagrans sur la table.

– Ils sont morts. Les parents sont morts. Tout juste… La semaine dernière. Je ne sais pas comment leur dire. Je ne sais pas s'il faut leur dire. Ils ne savent pas qu'ils en ont. Manuela a trouvé des photos, un jour, il y a longtemps. Je lui ai inventé une histoire.

Ses mains tremblaient un peu. Ses yeux étaient sur le point de sortir de ses orbites.

– Ce sont les enfants de… D'un péché, dirait-on. C'est comme ça qu'elle en parle, quand elle en parle. Mais elle n'en parle plus depuis des années et je ne sais pas exactement comment c'est arrivé. Son mari a connu une autre femme. Ou plusieurs. Moi je ne sais pas, je préfère ne pas dire ce que j'en pense. Il y a eu des enfants dans cette histoire. Bon. Vous imaginez. Elle les a confiés au père pour les élever. Qui lui-même est parti en les confiant à sa femme, dès le début. Parce qu'il n'y arrivait pas… Longtemps, Manuela n'a connu que la compagnie de la Zia. Puis elle s'est retrouvée avec un frère, du jour au lendemain. Alors voilà, je dis que les parents sont morts, mais ce n'est pas exact. C'est le mari qui est mort, le père des enfants. La semaine dernière. *Dio mio.*

Elle parlait dans un souffle. Elle essayait de boire son café en même temps.

– De l'argent pour eux… Elle ne va plus en recevoir beaucoup. Il n'y a pas d'héritage, elle a appris la mort par hasard. Elle gardait ses enfants à lui, c'est pourtant comme si elle n'existait plus. Ça fait cent ans qu'on n'en entendait plus parler. Heureusement qu'il n'a jamais voulu les revoir. Elle a trouvé quelqu'un qui veut bien l'aider, en attendant. Quelqu'un pour plus tard. Je ne sais pas… un homme. Qu'elle connaît. Il lui donne de l'argent. Elle attend de vendre ses meubles et ses affaires. Ça lui rappelle des souvenirs douloureux. Je crois qu'elle se sent quand même soulagée que tout le monde disparaisse, l'un après l'autre. Maintenant, tout est terminé. Tout… s'envole.

Nous restons longtemps l'un en face de l'autre, la porte de la cuisine fermée. Peppa a les pupilles qui brillent. Nous nous resservons du café. Elle regarde mes mains posées sur ma tasse. Des mouettes volent devant la fenêtre.

– Je vais vous dire. Je suis contente que vous soyez resté cet été. La maison a changé depuis que vous êtes là. Quelque chose dans l'air… Croyez-moi, je le sais. Il ne faut pas partir tout de suite. Le petit, il est trop sensible, vous comprenez. Et Manuela…

Oui, Peppa, je comprends. Il ne faut pas s'en faire. Moi aussi, on disait de moi que j'étais trop sensible.

25.

Il y a de l'agitation, ce soir, du côté de la Place. Les musiques et les voix ont enjambé le muret du jardin. De l'autre côté du portail, la rue est étrangement silencieuse. Je referme mes livres et remballe mes notes dans leur serviette. Il faut encore que je passe chez Madame Montale déposer les exercices de la semaine.

Le tumulte va croissant. Le hall est désert. Le carreau de Madame Ruffi est fermé. Alors je suis à mon tour, comme les enfants du joueur de flûte, les appels et les accords d'instruments qui ont maintenant gagné l'intérieur de l'immeuble.

Tout le village semble s'être passé le mot. Je traverse les rues en pressant le pas. Madame Montale attendra pour les leçons de sa fille. Il faut d'abord que j'aille voir où ils sont tous passés. Pourquoi ne m'a-t-on rien dit ? À mesure que je m'approche de la Place, je reconnais le raclement de chaises en ferraille et le bruit de verres que l'on pose sur les tables. La serviette sous mon bras m'encombre. Mes chaussures sont trop chaudes et trop lourdes. Je crois que je cours presque maintenant.

La Place est pleine de monde, une foule, pour un village. Ce doit être un jour de fête, mais lequel ? Je creuse ma mémoire à la recherche d'une conversation que j'aurais surprise, ou d'une affiche plaquée sur le bois des lampadaires. Je ne me souviens de rien. C'est trop petit ici pour se donner la peine de faire de la publicité. Les habitants ont dû se concerter entre eux, c'est tout, et me laisser de côté.

Personne ne fait attention à moi. J'essaye de me frayer un chemin pour traverser la foule vers le café d'Armando.

Ça sent la poussière, la cigarette du soir, le feu de bois. Les femmes sont coiffées et portent des robes que je ne leur connaissais pas, très colorées, qui découvrent leurs jambes énergiques et leurs bras vigoureux. Les hommes ont le menton haut. Ils se retrouvent en petits groupes qui se font et se défont. Certains transportent des tables, d'autres ordonnent aux plus jeunes d'aller jouer ailleurs. Des plateaux passent de bras en bras, et l'on distribue déjà des verres de cette boisson anisée à laquelle je ne me suis toujours pas habitué. Les vieux sont aussi de la partie et suivent les préparatifs, échangeant des regards amusés, enivrés déjà du parfum de la fête, comme des gamins qui n'ont fait que tremper le doigt dans la coupe. Ils regardent les groupes en murmurant entre leurs lèvres des remarques recouvertes par le bruit, et leurs compagnes gloussent, redevenues des jeunes filles. On s'écarte à mon passage, et l'on me reconnaît enfin.

– *Hai visto com'è bella questa sera. Sarà ancora meglio dell'anno scorso !*

Dois-je attraper à la volée un plateau et le déposer sur une table vide ? Il faut me décharger quelque part des exercices de Madame Montale. Un groupe d'enfants me contourne en courant. Parmi eux, quelques-uns de mes petits élèves. Ils m'agrippent un instant le bras pour échapper à ceux qui les poursuivent. Leur nez est constellé de petites perles de sueur. Je me souviens des vertiges que donne une soirée d'adulte à laquelle on est autorisé à participer, et je les comprends. Un soir de fête qui porte en lui toute la gravité du monde, la liberté, si rare, soudain à portée de main, et la première place que l'on occupe, enfin, pour des heures que l'on devine déjà périssables.

Toutes les tables d'Armando ont été sorties et débordent des contours habituels de sa terrasse. Zigzaguant entre les arbres, on a installé comme on a pu une guirlande d'ampoules multicolores, dont l'utilisation répétée a terni les teintes vives. Les escabeaux reposent encore le long des troncs. Mes pieds butent contre des planches de bois que je n'avais pas remarquées, posées les unes à la suite des autres en plein milieu de la Place. Elles dessinent une piste carrée sur laquelle les pas résonnent. Je souris en traversant ce patchwork irrégulier décrété piste de danse pour ce soir. Je n'ai pas traversé la Place pendant deux ou trois heures, et voilà qu'un bal s'est dressé à mon retour.

On a sorti des cours et des jardins toutes les chaises qu'on a pu trouver. Certaines sont encore voilées de toiles d'araignées. Autour de la même table, des sièges d'écoliers s'invitent aux côtés de chaises en plastique blanc fendillées aux coudes, et de lourds fauteuils de jardin au métal perforé en forme de fleurs. Au milieu des relents de cuisine qui s'échappent du café d'Armando, je sens une odeur d'essence et de pot d'échappement. Je contourne le mur d'enceinte et découvre dans un coin, entre deux pick-up, quelques hommes qui sont là, à s'occuper de ce que je devine être le clou du spectacle : deux énormes cochons, entiers, embrochés sur une pique du groin jusqu'à la queue, qui tournent sur eux-mêmes au-dessus des braises d'un feu de camp. Des pinces crocodile reliées au capot ouvert des voitures font tourner le grill. Les moteurs tournent à plein régime. Les hommes arrosent les cochons crépitants, ils fument des cigarettes, s'essuient les mains sur des torchons et retournent tremper leurs bras dans un bain de rires, de gazole poisseux, de tabac lourd et de graisse de porc.

*

Je m'approche d'une femme qui dépose une pile d'assiettes sur une planche maintenue par deux tréteaux et recouverte d'une nappe. J'essaye d'apprendre la raison de leur réunion. Elle interrompt son geste. Elle fronce les sourcils.

– Mais… Rien. C'est tous les ans comme ça, c'est tout. Si tu veux vraiment savoir, il faudrait que tu demandes aux vieux. Peut-être qu'ils s'en souviennent. Moi, je ne sais pas.

Elle baisse la voix, pour me rassurer, avant de se tourner vers l'entrée du café :

– Tu ferais mieux de venir nous aider…

Mon corps me gêne, j'aimerais m'en débarrasser comme d'un manteau d'hiver trop lourd aux poches remplies d'un tas de bricoles oubliées. Mon lacet est défait – mais que peut-on bien penser d'un type qui porte des chaussures à lacets un soir d'été ? Lorsque je relève la tête, la lumière n'est déjà plus la même, la femme a disparu à l'intérieur du café. Manuela, tu ne le sais pas, mais c'est à cet instant que je te vois sortir des cuisines d'Armando, écarlate de chaleur sous ta peau mouchetée, et lorsque tu redresses la tête, lorsque ton regard sable croise enfin le mien, seul et juste à quelques mètres en face de toi, tu déposes le plateau que tu portais ; c'est la première fois que tu baisses les yeux devant moi, tu ne t'attendais certainement pas à me croiser ici, tu dois aussi penser que nous ne nous sommes jamais rencontrés ailleurs que chez la Zia, et cela bouleverse l'assurance habituelle avec laquelle tu fais face à l'existence, te fait cramoisir plus encore dans ta robe trop blanche.

26.

J'ai connu bien des fêtes, et dans mon souvenir elles n'en forment qu'une, énorme et monstrueuse, au rire malade. Les invités y font semblant de se connaître et empruntent des gestes brusques, précipités et raides pour se donner la même contenance que le voisin. On se scrute. Les travers nous paraissent exacerbés, on se demande ce qu'on fait encore ensemble, comment il est possible que nous soyons toujours amis. On passe à d'autres visages, cherchant celui qui nous donnera ce qu'on était venu chercher ; c'est un carnaval de bonnes et de mauvaises manières, de mots d'esprits et de formules grossières, rien n'est amusant, je ne trouve rien à dire qui me ressemble, et j'expire longuement de soulagement et de dégoût en rentrant enfin chez moi. J'ai honte. J'y retourne pourtant. Je sonne aux portes, accompagné ou seul, je passe d'une pièce à l'autre, je culbute d'un soir au suivant en me répétant que ce sera bientôt fini. Et tout recommence.

Le jour s'est couché et la nuit apaise la brûlure du soleil sur les terres refroidies. Dans Fermagina, on se passe des plats fumants à bout de bras, on s'éponge le front d'un revers de serviette, on s'éclaire aux cigarettes et aux lampions de couleur. Des insectes se cognent contre des lampes restées allumées dans le café. Nous sommes tous assis autour des tables aux pieds rafistolés qui font tanguer les verres. Personne ne peut nous entendre ni se douter de nous à des kilomètres à la ronde.

J'ai pris place sur une chaise vide entre deux hommes. Je reconnais à ma droite l'un des rôtisseurs de tout à l'heure. L'autre est un bonhomme de petite taille qui parvient à parler et à boire tout en continuant ses discours mâchonnés sans s'étouffer. Je ne me lasse pas de le regarder faire.

La fête de ce soir, c'est un magnolia aux fleurs tout juste écloses, dans un jardin, la nuit. Quelques-uns sont allés chercher chez eux de quoi accompagner les premiers musiciens, les autres tapent dans leurs mains et chantent en dialecte. D'ici, je ne peux que distinguer des éclairs de visages et de corps qui passent tout près de moi. Je retiens un genou, un poignet, quelques doigts, un nez proéminent ou une coiffure qu'on rattache. Je tourne la tête d'un côté, puis de l'autre, je souris à tous et je serre les mains qu'on me tend, j'attrape les verres qu'on me propose. Mes voisins de table s'en vont et sont remplacés par d'autres. Toute cette parade va un peu de travers, il y a partout quelque chose qui dépasse, une planche qui se brise, une chaise qui s'écroule, des assiettes de carton ou de porcelaine, pas assez de verres pour servir tout le monde. Fatiguées, certaines ampoules des guirlandes se sont éteintes.

La joie tend chez moi une corde derrière les côtes, là, juste sous la gorge, ce même endroit, je crois, qui tressaille quand on pleure, comme le souvenir de quelque chose de perdu, de manqué, qui ne veut pas faire la moitié du chemin qui lui manque pour revenir jusqu'à moi, l'impression que ça ne peut pas être vrai, que toutes ces attentions qui me sont adressées accroissent la dette que j'ai envers chacun, et, qu'au cas où je ne le saurais pas déjà, je ne peux pas rendre la pareille. Je suis comme un cheval sur lequel tous ont parié, incapable de leur avouer qu'il ne gagnera pas la course. Je galope pourtant de toutes mes forces, je fais durer l'attente, j'allonge le parcours, les spectateurs, lassés, oublieront leur pari et rentreront chez eux en tirant un trait sur leur argent perdu. Mais, peut-être, Lucio, arrive-t-il aussi que l'on donne sans se poser d'autres questions ?

*

Les danseurs ont débordé de la piste de danse trop étroite pour eux et se laissent mener là où leurs pas les entraînent, profitant d'un trou entre deux tables, d'un coin laissé vide dans l'ombre, de chaises qu'on écarte à leur passage. Ils se bousculent sans se prêter attention. Rien d'autre n'existe pour eux.

Je ne sais pas danser, mais on m'a retrouvé dans le noir. On m'a envoûté par les allées et venues des couples qui serpentent devant moi, si bien que je suis à peine surpris par la main qui s'approche dans mon dos, et qui se pose, sans prévenir, sur mon épaule. Je ne sursaute pas. Je crois que je me redresse seulement un peu sur ma chaise, que mes mains se soulèvent au-dessus des accoudoirs, et je ne me retourne que tard, très tard, lorsque ce ne sera déjà plus nécessaire pour comprendre.

La paume est brûlante, une morsure d'un soleil entre deux branches. Elle se déplace lentement, si lentement, je comprends seulement qu'elle a dépassé mon épaule lorsque je la sens écarter ses doigts sur mon torse, et qu'elle s'arrête enfin, se laissant aller à l'endroit qu'elle cherchait, certaine et satisfaite, dans le creux sous ma clavicule. Mon cœur sous la pulpe de ses doigts devrait battre à s'en briser, mais c'est le contraire qui se passe, je l'entends cogner, résonance d'une immense percussion, à un rythme infini, si démesuré que, je le sais, si cette paume voulait bien s'y installer pour y faire son logis, il irait de lentes en imperceptibles pulsations, pour finir par ne plus battre que de temps à autre, comme un volcan endormi, une seule fois tous les dix ou quinze ans.

Dans mon dos, je sens ensuite le tambour d'un ventre qui se presse contre moi, et vois-tu, c'est à cet instant que tu te trahis, Manuela, et que je reconnais dans ce léger mouvement téméraire du bassin la même assurance que celle de ton regard lorsque tu m'as ouvert la porte de l'appartement pour la première fois, c'est ton ventre, une clairière au printemps, un animal chaud entre les mains, qui m'attire tout contre lui, et je sais que s'il me prenait l'idée de redresser un peu le menton, c'est la naissance de tes seins que je frôlerais de mes cheveux, alors, je laisse aller ma tête et resserre jusqu'au dernier grain de ma peau pour que soit retenue encore cette main brûlante posée sur moi.

« Manuela ! »

Le cri fend la nuit, tord la musique de l'orchestre. Tu attends quelques secondes, deux seulement, une seule, la moitié d'une peut-être, tu t'extrais de ma peau comme un coquillage cueilli sur un rocher à marée basse. C'est un groupe entier qui t'appelle. Tu glisses dans la nuit qu'éclairent des lampions de couleur. Tu glisses derrière moi.

Depuis ce soir, je ne cesserai de te chercher et d'avoir peur d'être trop loin de toi. Partout où je suis, tu flottes dans l'air comme dans une pièce que tu aurais occupée plusieurs heures.

27.

Presque toutes les chaises sont vides. Des groupes se murmurent des confidences, penchés sur leurs cigarettes qui se rejoignent presque. J'attrape le paquet oublié sur la table voisine et j'en porte une à ma bouche, pour en sentir le goût.

– C'est moi que tu attends comme ça ?

Lucio, cette voix grave que je reconnais bien, assis dans l'ombre sur une chaise que je croyais vide, son jean sombre, des mocassins rouge vif au lacet noir, les jambes étendues devant lui, fume avec des gestes lents la fin de son cigare. Il se lève en inspirant profondément, et tire une chaise à côté de moi. Il me tend une longue et fine boîte d'allumettes – ses allumettes bleu Klein qui s'allument en grésillant. Nous regardons du côté de la piste déserte. La fumée encense mes poumons. De quand date ma dernière cigarette ?

Les couples se sont réfugiés à l'autre extrémité de la Place. Certains s'embrassent à pleine bouche et soulèvent leurs habits dans le noir. Personne ne peut les reconnaître, à cette distance, à cette heure.

Proche de nous, le regard perdu dans le vague, un homme aux épaules trapues, les cheveux fins rabattus en arrière pour essayer de recouvrir son crâne bientôt chauve, grignote, penché au-dessus d'une assiette, ce qu'il reste de viande sur une carcasse d'os brûlé. La table lui arrive au milieu du buste et ses coudes sont presque au même niveau que ses épaules. Lucio pouffe en soufflant sa fumée. Il a ce geste, que j'apprendrais à connaître au fil des années et de nos conversations, le soir, sous les arbres : il se retourne en tendant le bras derrière lui pour faire tomber la cendre de son cigare de deux ou trois coups secs, suspendant le cours de son récit, rappelant la fréquence d'une radio qui se brouille. Ce n'est pas comme avancer sa main pour faire tomber sa cigarette consumée au-dessus d'un cendrier sur la table, non, ce geste, je le connais si bien que je pourrais le découper parfaitement, mouvement après mouvement, image par image, en faire des petits feuillets dessinés qu'on déroule du bout du pouce pour ne former qu'une seule et même histoire.

– Toi, tu n'es pas allé danser, *ragazzo* ? Moi non plus. J'ai jamais été bon. Quand j'étais au lycée, on dansait le slow et un semblant de rock. Autant dire pas grand-chose. Enfin, ce n'est pas vraiment pour ça que j'y allais… J'avais d'autres intentions, si tu vois ce que je veux dire…

Si tu vois ce que je veux dire, une expression qui pour moi n'appartient plus qu'à Lucio, de celles qui ponctuent ses souvenirs et ses discours. Les coups saillants et précis d'un joueur de triangle dans un orchestre.

Deux jeunes femmes qui se tiennent par le bras passent devant nous. Elles tournent leurs yeux vers Lucio dans son nuage de fumée qui, du coin de l'œil, leur jette un drôle de regard, troublé, puis distant et déçu. Il plisse les lèvres, lorsqu'elles se sont éloignées, en un rictus amer, invisible pour celui qui n'y prête pas attention, ce n'est pas un sourire, pas une grimace, l'arête des sourcils trop grave, comme sachant quelque chose qu'elles ignorent, parce qu'elles sont trop jeunes, et qu'elles ne voient rien, ou si peu, derrière cette beauté d'homme qui leur plaît.

Elles ne m'ont pas vu. Je les entends reprendre leur discussion dans notre dos. Lucio tire avec empressement sur son cigare – je sais ainsi que ce sera la dernière bouffée – et se penche pour le déposer dans un cendrier de fortune au pied de la chaise en fer.

– Allez, j'arrête. Il tire mal. Il doit y avoir un trou.

Avec le temps, je saurai me faire une idée des états d'âme de Lucio par la qualité de tirage du cigare qu'il aura choisi ce jour-là. Quand je le verrai marcher avec, ce sera déjà mauvais signe. Nous nous assiérons toujours, lui pour le fumer, moi pour en respirer l'odeur âcre qui reste sur les vêtements. Si le cigare tire mal, s'il est bouché quelque part ou si un trou se cache sous sa cape, c'est que quelque chose de lourd, de triste ou de grave est en train de se passer ; c'est que quelque chose ne va pas dans le bon sens. Tu vois, quand j'aurai appris à le comprendre, Lucio, il ne te sera plus possible de me cacher grand-chose de toi.

Est-ce l'énigmatique fête de ce soir, les filles à la peau mate et aux cheveux sombres dont la vision te fait mal, ou une lettre, arrivée ce matin après l'heure du café et qui aurait fait vaciller l'ordre prévu du jour ? Ce soir, le cigare tire mal, et je ne sais pas encore ce que cela veut dire.

La soirée touche à sa fin. Encore quelques minutes, et nous serons les derniers au milieu des verres collants et jamais terminés, des morceaux de pain, des cendres qui s'envolent. Le reste des invités est rentré, s'évanouissant dans les rues les uns après les autres. Les fenêtres de la Zia sont ouvertes. Il faudra attendre le petit matin pour avoir une chance de voir quelqu'un s'y pencher, et les rabattre.

– Ça ne sert à rien de rester là. On va aller boire un truc chez moi, tu veux bien ? Et ne me dis pas que tu ne bois jamais. J'ai aussi de la verveine.

Derrière nous, du côté du café encore éclairé par le plafonnier de la cuisine, le calme habituel de la nuit est retombé sur la Place. Ce n'est pas le silence pourtant, ce n'est jamais le silence, et c'est ça que j'aime le plus peut-être, ici, à Fermagina, quand la nuit ne dort pas et fait craquer ses vieux os.

28.

Lucio habite un quartier situé à l'opposé du mien, là où j'ai peu de raisons de me rendre. C'est un coin du village qui ne mène nulle part, des bouts de rues qui se terminent en jardins ou en cours intérieures. Les habitations ne sont pas très hautes, on y trouve surtout des anciens hôtels particuliers reconvertis en appartements individuels. Aucun de mes élèves n'habite là. D'ailleurs, les rares couples qui y vivent n'ont pas d'enfants : ce ne sont que de riches citadins qui reviennent pour leurs semaines de vacances.

C'est un quartier sans voiture. Les trottoirs sont larges, la rue est mieux entretenue qu'ailleurs. Quelques touffes d'herbe fleurissent tout de même à l'angle des trottoirs. Les rez-de-chaussée ont des barreaux en fer forgé à leurs fenêtres. De petites terrasses rythment aléatoirement les façades.

– Ce sont de magnifiques appartements, là derrière, presque tous abandonnés. Beaucoup ont hérité de ces *palazzi* qui ne les intéressent pas. Ils n'ont pas le courage de se lancer dans des procédures de vente.

Ils ont tellement de fric qu'ils en oublient avoir quelque chose ici. De toute façon, même si les gens de la région pouvaient se les payer, personne n'en voudrait. C'est loin de tout, difficilement accessible, c'est plein de travaux à faire... Pour eux, ce n'est ni plus beau ni plus enviable qu'ailleurs. Tout le monde préfère claquer ses économies pour se construire son propre petit chez-soi à la périphérie des villes. Voilà, c'est la seule chose qui donne l'impression d'avoir réussi sa vie, devenir un peu Américain, tu vois. *Che stronzi*... Il n'y a que moi pour tomber amoureux de ces murs. Si j'avais pu, je les aurais tous achetés.

Lucio balaye de la main le quartier endormi.

– Enfin bref, il n'y a plus grand monde et ça tombe un peu en ruine. C'est plein de gens qui vivent seuls, quoi.

Nous nous arrêtons devant un immeuble étroit recouvert d'une vigne vierge touffue, se hissant de tout son poids jusqu'aux gouttières. La porte en bois aux grosses charnières pèse une tonne.

– *Cazzo di porta !* Un jour, tu verras, je t'appellerai à l'aide parce que je n'aurai plus la force de la pousser.

Il grogne, et il rit en même temps.

Une mosaïque pave le hall à l'odeur de ciment et de peinture.

– Viens voir. Tu vois la rosace, là, juste là ? Je viens de la réparer. Depuis le temps qu'il fallait le faire. C'est un travail de fou. J'ai dû découper un à un chaque carreau. J'ai mis des heures à trouver les couleurs exactes, je ne voulais pas que ça se voie. C'est plutôt réussi, non ? Il doit m'en rester un peu là-haut. Je te montrerai. Essaye de pas trop marcher dessus. C'est pas encore sec.

Nous montons un escalier. Nous passons devant des portes qu'il me pointe du doigt :

– Celui-là aussi, tiens, il n'est plus là. Quand j'ai commencé à habiter ici, il me parlait déjà de son projet de départ, alors je l'ai pas connu longtemps. On s'entendait assez bien, un gentil garçon… Tu sais, moi, je deviens ami avec tout le monde. Il revient jeter un œil de temps en temps, mais de moins en moins souvent. Ses deux parents venaient d'y mourir. Il est resté un peu, le temps que tout rentre dans l'ordre, et il est parti. Il ne sait plus quoi en faire maintenant. Il ne se résout pas à s'en débarrasser. Je crois que son rêve, c'est de revenir habiter ici un de ces jours. C'est pas évident. Il vit en Scandinavie, tu te rends compte. Je ne sais plus où exactement. Il s'est marié avec une fille de là-bas, assez mignonne, blonde, petite… Pas très souriante, pas très marrante. Mais c'est peut-être l'effet de la langue. Je ne sais pas. Je parle pas les langues de là-bas, et pas si bien l'anglais… Elle n'est venue qu'une seule fois. Elle ne l'a plus jamais accompagné. Il faut dire qu'elle est rentrée rouge, comme mes chaussures tu m'entends, écarlate, parce qu'elle était sortie se promener aux mauvaises heures. Elle a gueulé partout qu'elle voulait rentrer, qu'elle ne pouvait pas se montrer, que c'étaient les pires vacances de sa vie. On aurait dit que c'était de sa faute à lui. Elle ne supportait pas le soleil, tu comprends… Je crois aussi qu'elle n'acceptait pas qu'il puisse s'occuper sans elle.

Quand Lucio parle, parle et parle, je me rends compte que j'écoute davantage sa voix que ses mots.

– Enfin, voilà… Nous ne sommes que trois ici : le tapissier du deuxième, la comptable à la retraite du dernier, et moi. Autant te dire que c'est bien calme. C'est ce que je cherchais. Viens, c'est par ici.

Je devine la porte à l'odeur avant même qu'il y tourne sa clé. De l'encens, une odeur de cire d'abeille et de vieille tapisserie. Le vestibule est étroit, on se cogne un peu et Lucio tâtonne pour chercher l'interrupteur derrière un portemanteau.

– Ah ! Merdouille…

Une lampe à plusieurs abat-jour s'allume dans un coin. Un petit couloir s'ouvre devant nous. Un vieux parquet, une peinture sombre, ni bleue ni noire.

– Ici aussi, j'ai tout refait moi-même. J'ai toujours fait ça, dans toutes les maisons que j'ai occupées. Celle-là, c'est la dernière. J'ai cru que j'arriverais jamais au bout… Le parquet est pas mal, tu as vu ? Et viens voir là-bas.

Il se dirige vers le fond du couloir et pousse une porte entrouverte. Une pièce recouverte du sol au plafond d'une peinture bleu Majorelle, voilà ce que Lucio voulait me montrer. Il sourit, les yeux parcourant les murs, au milieu de son œuvre. Une frise de petits carreaux assemblés, embrassant chaque nuance imaginable de bleu et de vert, court le long du mur et recouvre tout sur son passage. En haut, des losanges vert bouteille et bleu roi, puis des carrés olive, presque jaunes, jouent avec leurs voisins outremer. Dans la douche, la mosaïque et ses couleurs miment, me précise Lucio, l'eau qui perle sur les parois, bleu paon, vert menthe, aigue-marine, bleu canard… Il passe sa main sur la vasque en terre cuite.

– C'est un vieux plat à tajine…

Lorsque je lui demande où il a bien pu apprendre à faire ça, il sourit encore, avec l'évidence d'un enfant heureux de son jeu de construction, pour qui tout va de soi. Au-dessus du lavabo, je remarque une petite brosse à ongles en bois, un bout de savon jaune, une minuscule statue de bronze à un seul bras qui semble saluer, sur son socle, quelque chose d'invisible à l'horizon. Lucio jette avec moi un dernier coup d'œil sur la pièce, avant d'abaisser l'interrupteur.

– Allez, on n'est pas venus pour ça.

Sa silhouette se découpe à contre-jour dans le couloir sombre, vers la cuisine éclairée.

– Installe-toi à côté. J'arrive.

29.

Une ouverture en forme d'arche creuse le mur et ouvre sur la grande pièce plongée dans la pénombre. Je n'ose pas entrer tout de suite, et reste un moment là, à observer le salon de Lucio, avec sa multitude de renfoncements et d'alcôves. En face de moi, des portes-fenêtres aux vitres minces, restées ouvertes sur une terrasse, s'élèvent jusqu'au plafond. Dehors, des colonnes en pierre effritées devaient relier le muret au toit aujourd'hui disparu d'un jardin d'hiver. Des tapis berbères recouvrent presque entièrement le sol. Sur des meubles et des coffres posés le long des murs sommeillent quelques objets que je devine rares et précieux. Des vases, des cruches et des pots en céramique aux rayures de couleurs dans lesquelles je crois reconnaître la signature d'un artiste connu au nom qui ne me revient pas. Des livres au-dessus d'un petit bureau sombre à rabat. Une collection de bougies à couvercle. Des breloques aux poignées des meubles et des tiroirs. Je n'allume aucune lumière. Je laisse tout dans le noir.

Le plafond est bas, enveloppant. Je m'imagine déambuler dans la tente d'un riche nomade, ou dans une maison secrète et introuvable d'une médina millénaire, parmi les bougeoirs, les poteries, les tissus colorés, les statuettes démembrées et les soucoupes si fines qu'on pourrait voir à travers. Je m'imagine revenir dans les maisons de mes voyages où personne ne m'a invité et dans lesquelles j'aurais voulu vivre et oublier que le temps passe. Comme si c'était Lucio qui m'avait attendu, ce soir-là, à l'*Osteria dell'Anima*. L'histoire que je rattrape me fait tourner la tête.

Quelle place prendre entre le siège rond en cuir, le sofa recouvert de tissu contre le mur, ou les simples tabourets de paille ? Sur les murs se succèdent des étagères en bois de coffrage, presque vides. Quelques rares tableaux. L'un d'eux, si modeste, si timide, attire mon attention. C'est un minuscule cadre qui protège un dessin plus petit encore. Ça ne représente rien d'assez précis que je puisse deviner en pleine nuit, mais si je fouille dans ses traits aplanis par l'obscurité, c'est une vague que je vois, le creux d'une vague, quand l'écume s'élève et bouillonne, juste avant de s'abattre. Ça ne dure que quelques instants, pour continuer le dessin, le peintre doit attendre la suivante, qui ne lui ressemblera jamais. Combien de vagues faut-il avoir vu et retenu pour être finalement capable de n'en représenter qu'une seule ? Les couleurs doivent être pâles, peut-être n'est-ce qu'une aquarelle aux teintes ternies, mais sans éclairage, je ne m'aperçois de rien.

Je ne l'entends pas me rejoindre dans la pièce. Il pose deux verres sur une table basse, entre deux fauteuils identiques qui font face à la fenêtre.

L'assise est un écrin ; nous sommes nichés dans le cadre immobile d'un trône, d'où nous pouvons observer dans les voilages, comme deux seigneurs fatigués, le vent qui trouvera bon de nous divertir.

– Tu sais, je n'invite plus personne chez moi. Mon salon, ma salle de bains, mes coquetteries, ce n'est là que pour moi. Ici, on vit dehors. Les intérieurs des autres n'intéressent pas. Je rêve parfois d'une maison aux murs entièrement nus. Dans celle-ci, il n'y aurait qu'un seul tableau au mur. Et je resterais là, assis par terre, et je le regarderais sans m'en lasser. Tu sais de quoi je rêve ? D'un primitif siennois... Si tu as un cadeau à me faire...

Il retire le talon de ses chaussures et étend les jambes devant lui.

– Ne va pas t'imaginer que tout ça vaut des millions. Pour les vrais connaisseurs, ce sont des jouets de brocanteur. À vrai dire, maintenant, je m'en passerais facilement... J'ai peut-être même hâte de m'en débarrasser. Quand c'est fini, c'est fini.

Les toits du village se succèdent, plats et indifférents, par-delà la rambarde de la terrasse. Son regard se perd dans la pénombre. Devant nous, des plantes vertes balancent leurs branches. Nous guidons nos rares gestes à la fluorescence des fleurs des lauriers roses.

– Goûte, dit-il en me tendant un verre. Personne sur toute l'île n'a encore trempé ses lèvres là-dedans.

Ça ne vient pas d'ici ; c'est un ami restaurateur qui me l'a offert lors de mon dernier passage chez lui. Je m'y arrête tous les ans, alors on se connaît bien, maintenant.

Peut-être à cause de l'alcool fort, de sa croyance – feinte ? – en un Pezzettino naïf qui n'a pas l'habitude de boire, peut-être à cause de la nuit ou de la vague odeur de grillade et de fumée qui imprègne encore mes vêtements, me revient cette question qui me visite souvent depuis que je connais Lucio, cette lancinante curiosité pour le mystère de ces mocassins élimés, de ces cigares, de cette barbe râpeuse, de ces innombrables récits, de cette connaissance de tout, de ces yeux acier et de ce rire sonore, et maintenant de ces meubles berbères, de cette impression de déjà-vu, le sentiment que j'ai pu saisir, sans jamais n'être dupe de rien, à peine l'ai-je rencontré, les blessures indicibles et l'euphorie de la vie qui dansent d'une seule flamme, jumelles et inséparables, profondes, dans sa poitrine insondable.

*

– C'est drôle… Ici, à Fermagina, je suis le plus jeune des doyens. Le plus jeune, parce que je ne suis encore qu'un nouveau venu pour eux. Comme toi. Un jour ils l'oublieront, mais pas encore… Les gens m'accueillent, se confient à moi. Ils aiment ma compagnie, mes plaisanteries. Il faut toujours essayer de se montrer heureux, quitte à faire un peu semblant. C'est ma mère qui m'a appris ça. Chacun a quelque chose à m'apprendre. Je noue des morceaux d'amitié avec tous. Peut-être parce que je suis loin de ceux que j'ai rencontrés et qui ont vraiment compté pour moi. Tu verras, ça arrive à tout le monde. J'en ai revu certains. D'autres, jamais. Un ami d'enfance dont je n'ai pas réussi à retrouver la trace, Mahmoud, un Arabe frisé aux cheveux blonds. On était inscrits à la même école, et on a grandi ensemble, dans la même ville, sur les mêmes plages, jusqu'à la fin de notre adolescence. Je me souviens de nos parties de volley, l'été où je suis devenu *brun comme un singe*, disait mon père... Et des femmes mariées, plus âgées que nous, qui nous regardaient jouer... Je ne sais pas ce qu'il est devenu. Il y a Malek, que je dois voir, allez, une fois tous les trois ou quatre ans, peut-être. Il a été très malade. J'ai fait le déplacement exprès pour aller le voir. Il ne redeviendra jamais comme avant. C'est un garçon très intelligent, excellent en tout. Il a trouvé un poste d'enseignant-chercheur aux États-Unis après des études en Angleterre. Il passe son temps entre Washington, où il travaille presque tout le temps, et Londres, où il possède un bel appartement. Au fond, nous devons être trop liés pour se donner des nouvelles à tout bout de champ. Comme si tout ce que nous étions devenus, après l'enfance, était le résultat des obligations qui ont été les nôtres, que nous étions restés les mêmes en secret, et qu'eux s'en souviennent pour moi, et moi pour eux. Smith, mon copain Smith, c'est un peu ça aussi.

Et, sur le ton du secret, il me souffle :

– Tu vois, Smith, c'était un peu mon Grand Meaulnes à moi...

Son sourire découvre ses dents légèrement écartées. Alors, toi aussi, Lucio, tu as donc eu ton Grand Meaulnes ?

– Un jour, il y a quelques années – cinq, six ans, je ne sais plus –, en rentrant du travail, je vois un message de Smith laissé sur mon répondeur. Il m'expliquait qu'il venait de passer par hasard dans le quartier, celui où nous avions étudié lui et moi, et qu'il avait vu cette couverture, grande, verte, avec mon nom dessus, dans la vitrine d'un libraire. Il en avait été tout ému, exactement comme s'il avait heurté l'épaule d'un inconnu dans la rue, qu'il s'était retourné, et que c'était moi, qu'il m'avait reconnu, son camarade de lycée, après tout ce temps. Il me disait ignorer que j'étais devenu écrivain, et qu'il était entré dans le magasin en expliquant la situation à la vendeuse, lui demandant comment il pourrait avoir mes coordonnées. Évidemment, tu imagines bien que ce nom dans la vitrine, ce n'était pas moi. Un homonyme. Elle lui avait conseillé de contacter l'éditeur. Il en oublia le nom une fois rentré chez lui, c'est le bon numéro qu'il trouva, le mien, dans l'annuaire. Voilà, c'est comme ça que je suis retombé sur Smith.

Il me proposa de lui rendre visite, chez lui, si j'arrivais à me libérer cet après-midi-là. On était convenu d'une heure, il m'avait donné son adresse. Au fond de moi, je n'avais jamais été très à l'aise avec l'idée des retrouvailles entre vieux amis. J'y allais pour lui faire plaisir. Au téléphone, il avait l'air si heureux de m'avoir retrouvé… Il vivait dans un immeuble chic qui donnait sur une large rue, dans l'un des plus vieux quartiers de la ville. Il m'avait décrit l'allure de la façade pour que je ne me trompe pas. Il vivait avec une femme qui était souvent absente la journée, à cause de son travail. Je compris tout de suite qu'il était sincèrement heureux avec elle, dans ce grand appartement. Un pull en laine vert sur une chemise bleu foncé. Un jean un peu élimé. Des chaussures d'intérieur. Il n'avait pas changé. Seulement un peu vieilli, mais il n'avait pas changé. Il avait préparé pour moi, posés sur une table basse à côté de la fenêtre, trois livres, tous dédicacés avec un message différent. C'était gentil de sa part. Il était devenu historien. En partant, ses livres pesaient lourd dans mon sac. J'ai lu les dédicaces en marchant dans la rue pour rejoindre le métro. J'ai levé les yeux vers ses fenêtres, et je l'imaginais, grand, calme, ses yeux un peu voilés, déambuler avec allure entre sa bibliothèque et son bureau. Je n'ai pas les livres ici, dit-il en se retournant et en balayant la pièce du regard. Je crois qu'ils sont restés chez ma mère.

Lorsque se déroule devant moi l'histoire de ses rencontres, je suis frappé par la façon dont ses relations les plus intimes se sont, pour la plupart, brisées un matin sans prévenir, et sans raison apparente. Entre les coups du sort, les hasards de la vie et les discordes qui s'enflammaient, il n'y avait pas de grande différence. Ces gens-là, qui l'avaient côtoyé presque chaque jour, qu'il avait aidés, sortis d'une impasse, écoutés, rassurés, avec lesquels il partageait de grands souvenirs et qui lui avaient donné leur confiance de même qu'il leur avait fait preuve de la sienne, avaient fini par ne plus donner de nouvelles, par s'évaporer dans le magma de l'existence. Je ne sais pas de quel côté venait le tort, si tant est qu'il y en eût vraiment un. J'aurais voulu lui demander pourquoi il avait toujours fallu qu'il mente un peu à tous sans s'en rendre tout à fait compte, qu'il se fâche avec ceux qu'il aimait, mais j'aurais eu peur de lui faire de la peine, de laisser supposer que c'était de sa faute. Et j'avais grandi. J'avais compris que tout n'est pas si simple, j'apprenais à laisser de côté les mystères encombrants.

Tu me dis et me répètes que tu n'oublies jamais. Tu te donnes l'air d'un homme qui n'est pas assez fort pour l'oubli, un homme de déceptions et de rancunes, qui ronge son frein comme un sorcier dans son atelier méditant un poison, qui taille costume sur costume, mais je sais que tes colères sont celles d'un petit garçon qu'on somme de monter dans sa chambre, et qui reviendra lorsqu'il sera calmé.

30.

Quelque part dans la pièce, les coups d'une pendule martèlent l'air. Lucio laisse aller la brise sur son talon déchaussé.

– Si tu y réfléchis, si tu regardes vraiment autour de toi, nous sommes tous des exilés. Je te mets au défi de me trouver un seul natif de Fermagina. Même Armando, qui cache pourtant bien son jeu… On finit tous enterrés ici mais rares sont ceux qui y sont nés. Ça me va. Ça me ressemble. Quel que soit l'endroit où je me suis trouvé, j'ai toujours été un peu déraciné. Je ne peux plus faire autrement. Je ne retrouverai pas, jamais, le pays que j'ai perdu. Il n'existe plus, même sur une carte. J'y suis retourné pourtant, plusieurs fois, je n'ai rien reconnu. Je suis né là-bas, et je n'ai même pas été capable de rejoindre la rue de mon enfance. Je ne comprenais plus la langue. Je n'avais plus rien à y faire. Parfois, c'est la fureur du monde qui fait son œuvre, ce sont les hommes qui changent, les révolutions ou les guerres qui rasent tout et recomposent les villes avec leurs idéaux. D'autres fois, c'est tout simplement une page qui se tourne par caprice, les hommes sont alors entraînés par la chute, pêle-mêle, les familles se dispersent, les liens se distendent, l'histoire est à refaire. Les anciens gardent un souvenir ; ils n'en parlent à personne. Il reste le regard, un accent qu'on abandonne vite, on sait bien entre nous qu'on n'oublie pas pour de vrai, qu'on ne fait que semblant, mais c'est le prix de la vie qui continue. Ma mère a rangé les photographies dans une boîte en carton, et elle m'a inscrit dans la meilleure école d'une capitale où j'ai connu la première neige de ma vie. Et tout est devenu à l'image de ce que je te raconte.

Il renfile le talon de ses chaussures et se lève de son fauteuil en me disant de ne pas bouger, qu'il revient tout de suite, qu'il a quelque chose à retrouver. Il se dirige vers une petite porte au fond de la pièce. Je l'imagine s'avancer dans un bain d'encre qu'aurait vomi un monstre marin. Il n'a pas besoin d'allumer les lumières. Il se retrouve chez lui comme un poisson des grandes profondeurs. Combien de temps faut-il pour apprivoiser des murs tortueux, des étagères garnies, des meubles biscornus, jusqu'à s'y mouvoir ainsi les yeux fermés ? Sur le bureau derrière moi, une boule d'ambre exhale son parfum, et je travaille à deviner en son ventre le papier froissé rouge, son odeur indissoluble, un mollusque mystérieux, sans bouche, sans yeux, avec au creux de lui, l'imprévisible et extravagant mouvement d'un muscle qui bat, qui tambourine, et qui fait vibrer la membrane tendue de son enveloppe.

Le fond de la pièce se referme et Lucio revient à sa place en plongeur sous-marin remonté de ses profondeurs, entier sous son scaphandre, le sourire derrière son casque. Il tend le bras pour éclairer la pièce, une lumière s'échappe d'une lampe dont la minuscule tête ampoulée et le corps mince, haut et anguleux, me rappelle celui d'une mante religieuse. Il tient entre les doigts un petit instantané rectangulaire qu'il place sous l'ampoule pour que je le voie mieux. Le papier est resté blanc malgré le grand âge de la date inscrite au dos.

Une jeune femme, au menton baissé, pose à côté d'un petit garçon au short court et aux sandales tressées. La douceur du geste qui le maintient contre elle contraste avec son air triomphant. Devant eux, à leurs pieds, se tient un chien noir et frisé, aux pattes si longues que le reste de son corps semble en avoir oublié de grandir. Le petit garçon est à peine plus haut que lui. Sa main repose confiante autour de son cou sans collier. La photo est surexposée. Les couleurs, s'il y en avait, sont effacées par le soleil. L'ébène du chien n'en est que plus profond, il avale ses yeux, son museau et chaque détail de son corps. Il n'est plus qu'une grande peluche dégingandée. Le reste du cadre est traversé par une longue forme noire, qui s'élance du bas de l'image jusqu'à mordre les pieds de la jeune femme et de l'enfant. On distingue une tête, deux bras repliés, de larges épaules.

Dans les traits aplanis du petit garçon, je reconnais ceux de Lucio. Sa mère, à côté de lui. Son père, une ombre, de l'autre côté de l'objectif.

– Une vraie photo de famille, quoi.

Dans le papier de soie de sa voix grave, Lucio m'évoquera plus tard, dans ses veillées rêveuses ou dans ses somnolences de début d'après-midi, sa naissance, sa mère, ses tantes, grands-mères et cousines à la peau hâlée, aux dents blanches et aux chevelures brunes – c'était une famille de femmes, dont sa virilité au regard perçant faisait la fierté, l'admiration, et l'exclusif amour. Lucio découvrait le monde en gravitant autour d'elles, aussi souveraines et complexes que l'histoire de leur vie. Leur présence l'accompagnait sous l'eau des plages et dans l'ombre des ruelles. Leur sévérité n'avait d'égal que leur protection et leur veille. C'étaient des louves, des lionnes, des rapaces et des sorcières. Que sont-elles toutes devenues ? De quelles hautes sphères continuent-elles de jouer des tours, de maudire ou de sanctifier ? Tout comme le soleil, la mer toute-puissante et parfumée, les ombres fleuries entre les fenêtres grillagées, je les devine cachées dans l'iris de Lucio.

Les souvenirs sont si nombreux, si précis, j'essaye d'en retracer les contours, mais je n'y parviens pas. Tout à tour invraisemblables ou familiers, ils sont voués à se dissiper dans ma mémoire d'homme des pays froids. Ils ne trouvent pas leur demeure en moi, et y laissent des traces qui s'effacent dans le sable. Lucio aurait beau me les conter chaque jour que je les oublierais pendant la nuit, un djinn viendrait me les ravir, je n'ai décidément aucune chance de les faire miens, mais, par un drôle de miracle, il m'est donné, pour quelques instants, le cadeau de les entendre, et, si je me concentre bien, si j'arrive à gagner suffisamment leur confiance pour qu'ils laissent en moi ne serait-ce qu'un pigment de soleil, ne serait-ce qu'une poudre d'épice, la possibilité de les poursuivre.

Cette photo, c'est l'unique cliché qu'il a emporté avec lui à Fermagina, le récupérant dans la boîte en carton de sa mère lors de sa dernière visite. Le sol est poussiéreux. Ils posent contre le mur nu de la façade arrière d'une maison. Le zénith continue de leur brûler la peau et d'amalgamer les uns contre les autres tous les grains de l'image.

On ne pouvait rien y faire : le temps des sorcières et des premières chasses sous-marines avait disparu. Lucio a grandi, et s'est construit ce que l'on nomme « une vie d'adulte ». Il s'est résolu à garder ses soleils perdus pour lui seul, à prendre soin de ses souvenirs, des espoirs d'une vie qu'il ne retrouvera pas, et à cesser ses voyages dans un pays auquel il n'appartient plus. Il n'y aura pas d'autre perte, pas d'autre déception capable de la surpasser, ravivée qu'elle sera par toutes les trahisons, tous les abandons, toutes les déloyautés du sort.

Il s'est construit un semblant de royaume à la force du poignet, a rassemblé autour de lui des pièces luxueuses qui n'ont plus le même prix qu'autrefois, un minuscule territoire sans sujets, une obstination à ne pas perdre sa couronne et à croire encore à la beauté du monde. Il ne me dira jamais le nom de ce domaine perdu. Je ne parviendrai jamais à le lui extirper. L'interdit du pirate de dévoiler la latitude de son trésor. Il choisira cette barbe qu'il ne quittera plus, comme celle des hommes des rues de son enfance, comme celle de ceux qui sont partis, peut-être pour sentir, quelque part sous son nez, toujours un reste de plage.

Il parle de son enfance comme s'il ne l'avait pas perdue, comme s'il ne l'avait pas quittée, et qu'elle brillait encore, de la même lumière, au creux tiède d'un coffre berbère en peau de chèvre. Lucio raconte toujours comme si l'existence n'avait pas été assez forte pour lui ravir ses bonheurs, et que, triomphant, il les portait encore, qu'il les emmenait jusqu'au bout de sa vie, dans un seul et même jardin ouvert sur la mer, d'où on ne pourrait jamais plus rien lui dérober. Lucio sait que la vie est une boucle qui malgré ses détours finira par se clore sur elle-même. Il suffit d'être patient.

31.

– Je vais te faire une confidence. Après mon bac, il s'en est fallu de peu pour que je devienne professeur. Comme toi !

À ces mots, son rire se lève, grand ouvert, à l'heure où tout le monde rêve à poings fermés, devant les graminées de la terrasse qui frissonnent, et il se moque de moi, ou de lui, ou de ce rôle qu'il m'a donné et que j'ai endossé sans rien dire.

– J'avais suivi un groupe d'amis qui s'étaient inscrits dans une école réputée, du genre grand avenir garanti. Moi, naïf et ignorant, je n'en avais jamais entendu parler, je n'avais aucune idée de ce que c'était, si bien que lorsqu'ils m'ont dit : « Viens, tu verras, ça te plaira, et tu seras avec nous », j'ai postulé, je n'avais aucun autre projet, et miraculeusement j'ai été pris. L'avantage de cette école, c'est que les élèves y étaient logés, nourris, blanchis, avec tout le confort. On dormait dans un des meilleurs internats du pays, c'était assez grand pour qu'on n'ait pas de raison d'en sortir. Il y avait tout ce qu'il fallait. Plusieurs bâtiments nous accueillaient, certains construits par des architectes célèbres, dans un quartier périphérique. Un immense parc reliait tout ça. On trouvait plusieurs courts de tennis, des terrains de basket, et même une petite piscine au sous-sol du gymnase, sous une pyramide de verre…

En fait, l'État payait pour que nous devenions la future élite du pays et que nous lui remboursions ce qu'il avait dépensé pour nous, quand nous serions grands et riches. En devenant d'émérites professeurs, par exemple… Tous mes amis y fonçaient tête baissée. Ils essayaient encore de me convaincre, en me répétant que ce n'était pas pire qu'autre chose, qu'au moins on serait sûrs de toujours gagner notre vie et qu'avec un peu de chance, nous pourrions rester habiter encore plusieurs années dans la *cité* ; c'était le nom qu'on lui donnait. Il y avait de jolies filles, aussi, c'est vrai, étrangères pour la plupart, qui venaient de loin se trouver un avenir, c'est-à-dire, pour beaucoup d'entre elles, se faire une place dans les bras et la vie de futurs diplômés. J'en ai rencontré quelques-unes… Mais elles sentaient bien qu'avec moi elles n'auraient pas la tranquillité, le bel appartement, la voiture et les contacts haut placés qu'elles espéraient.

Il sourit doucement.

– Est-ce pour des raisons comme celles-là que j'aurais pu devenir professeur… ? Qui sait ce qui promet une vie heureuse ?

Lucio ne parle déjà plus aussi fort qu'à notre arrivée. Sa voix vibre. C'est un violoncelle qui maintient sa note jusqu'au silence. Les mots tombent les uns après les autres, comme des billes dans une coupelle. La nuit s'enroule, tiède, en serpent boa autour de Fermagina, sur la pièce et sur nos fauteuils de princes aux royaumes déconstruits.

– L'année suivante, ils étaient prêts à me reprendre, mais j'avais déjà d'autres idées. J'ai toujours d'autres idées. Ce que je voulais, c'était les Beaux-Arts. Quand j'en parlais à ma mère, elle se mettait dans tous ses états. D'accord, elle avait accroché quelques-unes de mes peintures dans le couloir, mais ce n'était pas une raison pour voir son fils devenir artiste. Elle me disait « Tout ça, c'est pour faire comme Guido, tu le sais aussi bien que moi ! » Elle avait raison. Guido, c'était mon cousin, plus âgé que moi de quelques années. C'était beaucoup, quelques années. Il était devenu propriétaire de plusieurs boutiques de vêtements dans le centre-ville. Il avait travaillé longtemps pour de grandes enseignes, il leur dessinait les animations des vitrines, à Noël, au printemps, pour l'été. Son rêve était de voir exposée sa propre ligne de vêtements derrière ces belles façades.

De l'autre côté de la vitre, de l'autre côté encore des galeries, c'était un monde fermé d'amis intimes qui vivaient la même vie, qui parlaient la même langue, un monde de Juifs et d'homos. Pour travailler là-dedans, il disait qu'il fallait être soit l'un soit l'autre, ou mieux encore, les deux à la fois : il ne cochait qu'une seule des deux cases. Pour donner le change, il s'était acheté une étoile de David qu'il a gardée autour du cou jusqu'à la fin de sa vie. Il avait fini par être embauché à l'essai comme petit vendeur dans une maison assez huppée. Il était fier. Ma mère l'avait invité à dîner à la maison et avait acheté du champagne. Elle était autant sa mère que la mienne. Ensuite, Guido a gravi les échelons, à l'aide de ses ruses, de son impertinence, de ses relations… Il est passé de vendeur au rayon homme à celui du rayon femme, avant d'être nommé responsable de tout le magasin.

Quand il a eu assez d'argent, il a ouvert sa première boutique dans un minuscule local qu'il louait, entre un fournisseur d'ustensiles de cuisine et un café qui s'appelait – qui s'appelle encore – *Le meilleur des cas*. On lui a proposé de l'acheter après l'un de ses voyages à Londres, à Los Angeles ou à New York, je ne sais plus. Il voyageait tout le temps. Il allait y faire ce qu'il appelait son « repérage ». Il nourrissait une théorie, infaillible prétendait-il, selon laquelle une pièce à la mode outre-Atlantique serait sur le dos de tout le monde quelques mois plus tard. D'une saison à l'autre, on passait du cuir et des bottines au survêtement en tissu éponge. Il avait toujours une longueur d'avance sur ses concurrents, il vendait à ses clients le jean ou la veste que les autres envieraient.

Il a rencontré beaucoup de monde, il a mis son grain de sel dans pas mal de vies dégueulasses. Il claquait son fric, pour rien, pour frimer. Par exemple, il achetait toutes les roses aux vendeurs dans la rue et les jetait un peu plus loin. Il changeait d'appartement tous les deux ans et exigeait d'occuper un étage entier. Quand il a commencé à ajouter ses propres créations aux articles qu'il revendait, son nom est apparu dans plusieurs magazines. En moins d'un an, son petit commerce était devenu une institution. Ses points de vente s'étaient multipliés. Il lui fallait embaucher de plus en plus de monde. Comme j'avais besoin d'argent, il me donna un peu de travail dans la dernière boutique qui venait d'ouvrir. Le responsable, c'était un homme… comment te le décrire… du type vieux beau, sapé à l'extrême, d'un mauvais goût à gerber. Il ne faisait rien d'autre de ses journées : se fringuer, retoucher ses plis devant le miroir, engueuler les employés, et draguer. Il draguait tout ce qui bougeait. En fin de journée, une minute après la fermeture, il descendait de son bureau, parfumé, ses cheveux presque blancs rabattus vers l'arrière du crâne, il s'inspectait une dernière fois devant les yeux des vendeurs, « Je sors en boîte, là. Je sors en boîte, je vais draguer. Ça va, je suis assez élégant, comme ça ? » Il avait un accent impossible. Je n'ai jamais su d'où il venait. On ne me l'a pas dit. Pour une fois, je n'ai pas réussi à le deviner. Il portait, je les revois, ces chemises brodées qui faisaient fureur. J'ai jamais trop aimé ça. Jusqu'alors, tu sais, les chemises pour hommes étaient unies : motif, teinte, tout était simple. Blanches, et c'est tout. Puis la couleur a pointé son nez. On a vu apparaître un tout petit peu de bleu dans le blanc, et un tout petit peu de rose, et enfin sont arrivées les chemises brodées et, encore après, les chemises à fleurs importées d'Amérique, alors là, ça été une réelle explosion de tous les goûts possibles. Je te rassure, des excentricités, j'en ai eu, mais j'ai jamais porté ça de ma vie.

Au magasin, on peut pas dire que j'aie commencé en haut de l'échelle… Je devais faire mes preuves comme les autres. Au début, je portais les vêtements des clients. Je les suivais comme un chien partout entre les rayons pour qu'ils me déposent dans les bras leur pile d'articles. Je les attendais derrière les cabines. Une fois partis, je rangeais tout leur bazar. Crois-le ou non, j'étais d'une timidité maladive. J'ai très peu vendu les premières semaines. Je ne connaissais rien aux formules pour complimenter un client, lui mentir, lui faire croire qu'il avait besoin de deux pièces de plus. Si quelqu'un repartait sans avoir rien acheté, on me disait que j'avais rien à faire là, que si ça devait se reproduire, il faudrait que je trouve du boulot ailleurs.

Deux fois par an, au printemps et à l'automne, un type venait refaire toute sa garde-robe de l'année. C'était un homme très grand, si grand que le haut de son corps avait fini par retomber vers l'avant, emporté par son propre poids comme une fleur trop lourde. Richissime. Pour te dire, il avait beau ne venir que deux fois, il restait quand même notre meilleur client. La boutique aurait pu tourner à vide des semaines après ses visites. Il était tellement attendu que le vendeur qui le servait recevait une prime. Un jour de printemps, c'est sur moi qu'il tomba. Il promenait un teckel aux jambes invisibles et aux oreilles qui traînaient presque par terre. Au bout d'un moment, après avoir fait deux fois le tour du magasin, il s'est retourné vers moi et s'est mis à me dévisager au fond des yeux : « Vous n'êtes pas vendeur, vous. Qu'est-ce que vous foutez ici ? Je le vois bien que vous n'êtes pas comme les autres. » J'ai cru qu'il allait faire un geste pour réclamer quelqu'un de plus compétent, mais il a continué à me jauger de la tête aux pieds avant de me dire : « À partir de maintenant, je ne veux plus être servi que par vous. » Il ne plaisantait pas. De tout le temps où je suis resté travailler au magasin, c'est toujours moi qui ai reçu la prime.

Tiens, à ce propos, je vais te raconter autre chose. C'était un peu avant l'été. On nous avait livré en avance les pièces de la nouvelle collection. Le magasin était fermé pour l'inventaire avant la grande braderie de milieu de saison. Le responsable avait décrété qu'on en profiterait pour faire la fête. Chaque occasion était bonne à prendre. Le magasin fermé, c'était toujours un local à disposition. Beaucoup d'invités étaient là. On avait apporté une table en plastique de la réserve pour le champagne et les gâteaux. Nous, les vendeurs, on s'activait pour ranger les nouvelles pièces en rayon. Cet homme était là lui aussi, l'homme au teckel dont je t'ai parlé. Un ami caché du patron, va savoir… Je m'affairais, je portais encore des kilos de fringues entre l'arrière-boutique, la vitrine, les étagères… Je passais régulièrement devant le petit groupe debout autour du champagne. J'avais bien remarqué qu'ils me regardaient en discutant entre eux, je faisais semblant de m'en foutre, jusqu'à ce que l'un d'eux finisse par m'appeler. Le responsable était avec eux, les cheveux gominés et le sourire encore plus blanc que d'habitude : « Lucio, ces messieurs voudraient se faire une meilleure idée de la collection que tu portes dans les bras. Pourquoi ne nous ferais-tu pas un petit défilé, pour nous, hein, qu'est-ce que t'en dis ? » Son œil pétillait. Je ne l'avais jamais vu d'aussi bonne humeur. Tout le groupe se tourna vers moi. Les gâteaux étaient restés suspendus dans les airs. La collection était très belle, je n'avais jamais eu l'occasion de passer un habit du magasin, pas même une simple veste, c'était très flatteur pour moi, j'aimais leurs conneries, j'ai accepté.

Tu aurais vu ça… Un grand moment, ce défilé… Tout excités, ils s'étaient mis à fourmiller dans tous les sens à la recherche de chaises qu'ils avaient placées en deux rangs parallèles pour former une piste. Ils frappaient des mains, trépignaient sur leur chaise, ils se glissaient des remarques à l'oreille. Je me laissais entraîner par leur démesure, par leur amour du jeu. Avec eux, on ne faisait jamais semblant. C'était toujours pour de vrai. Je m'avançais sur la piste, m'arrêtais un instant, je faisais demi-tour pour disparaître dans l'arrière-boutique où j'enfilais une nouvelle tenue avant de repartir. Ils poussaient des *oh !* et des *ah !* ils mettaient leur main devant la bouche et applaudissaient à tout rompre à mes arrivées... Peut-être est-ce ce jour-là que je perdis ma timidité.

Le défilé toucha à sa fin. J'apparaissais dans ma dernière tenue. Le bouquet final. L'homme au teckel était toujours là, son chien immobile sur ses genoux, la tête entre les pattes, avec pour seule preuve de vie ses yeux ronds qui balayaient l'assistance de gauche à droite, ses arcades en accent circonflexe qui lui donnaient un air désolé. Quand j'arrivai au bout de la piste et que je m'apprêtai à leur tourner le dos pour la dernière fois, j'ai vu le voisin de l'homme au teckel, un mec à la peau mate avec un anneau à l'oreille, tirer un mouchoir de sa poche et se pencher vers lui en faisait mine de tamponner le coin de sa bouche : « Tiens, bouge pas, c'est pour essuyer ta bave... »

Lucio me regarde, un grand sourire enjoué aux lèvres, l'esprit encore là-bas, sur la scène de ses souvenirs.

*

– Il y en a eu, des épisodes identiques, pendant les années où j'ai travaillé au magasin. Et pourtant, tu vois, même si je leur plaisais, je n'ai jamais eu à me plaindre d'eux. Me faire draguer, c'est presque jamais arrivé, et quand ça arrivait, je faisais celui qui ne comprend pas, je faisais l'idiot qui ne sait pas de quoi on parle.

Cet homme-là, l'homme au teckel, je n'ai jamais su son nom, pas plus que je n'ai appris ce qu'il faisait dans la vie. Il était l'un de ces mystères ambulants, comme la plupart des célébrités de ce milieu, devenus souvent très riches très vite, des vedettes qu'on s'arrachait sans autre véritable raison que leur nom, que leur gueule, que leur aura ; ils étaient les petits rois souterrains, les seigneurs du revers de la ville, quand les autres dorment ou suivent toujours les mêmes trottoirs pour se rendre au travail et en revenir sans oser prendre celui d'en face, c'étaient des lucioles, des éphémères aux costumes clairs et aux gestes languissants ou douloureux qu'on retrouve le matin à l'agonie sur les ponts des bateaux. Mon cousin s'était fait sa place dans ce monde, il était l'un de ses princes, il me racontait ses retours d'escapades nocturnes et torrides – les deux allaient de pair – avec autant d'excitation et d'amusement que d'indifférence et d'ironie. C'était un jeu que les règles invisibles rendaient pourtant périlleux et déchirant. C'était de la débauche, de la folie. Ce n'était pas que ça. Ils vivaient dans un mélange de tristesse profonde, d'excessif sens de la douleur et de la gravité, de détachement total, faussement naïf, de futilité et d'allégresse. Tout ça pour dire que c'est aussi l'époque où j'ai appris que nous faisons tous semblant, à partir d'un certain temps passé sur terre, de parler, de rire, d'être bien là où l'on est, de ne pas avoir mal à chaque mot qu'on entend. De marcher en ayant les pieds dans sa vie. Les plus âgés avaient connu la guerre, vraiment connu la guerre, dans leur cœur je veux dire, sa présence, sa coupure, dans la trame de leur existence, comme un nœud emmêlé. Ils essayaient de revenir à la vie, de vaincre l'angoisse, d'aller à ses devants.

Au magasin, il arrivait qu'on me charge d'amener des articles à retoucher deux étages au-dessus de la boutique, dans un atelier étouffant et minuscule où on avait mis à travailler quatre anciens déportés qu'on ne nommait jamais. Pour arriver sous les combles, il fallait traverser tout un tas de pièces abandonnées, transformées en débarras ou en réserves, silencieuses, dans un bordel monstre, à croire que tout le monde avait fait en sorte d'oublier ce qui s'y trouvait, de vivre avec sans poser les yeux dessus. Ils travaillaient là, toute la journée. Quand j'arrivais avec un pantalon ou une veste à retoucher, ils me regardaient un instant en relevant leur visage et balançaient le pantalon à l'autre bout de la pièce, au pied d'une pile d'autres vêtements qui attendaient. J'avais peur qu'ils ne m'aient pas compris, ou qu'ils refusent le travail qu'on m'avait demandé de leur confier. À chacun de mes retours quelques heures plus tard, le pantalon était prêt, bien plié, il m'attendait depuis longtemps. Ils parlaient avec un accent si fort que j'avais du mal à comprendre ce qu'ils disaient. Il ne m'adressaient aucun mot, ils me demandaient seulement, parfois, si j'étais aussi juif que mon goy de cousin, et ils riaient tout seuls, ils riaient à chaque fois tout seuls, en secouant leurs épaules, sans se regarder.

Aujourd'hui, Guido, tu pourrais passer des nuits entières à le chercher, tu ne le trouverais plus nulle part. Comme s'il n'avait jamais existé. C'était un homme aussi sévère que doux. Faussement léger. Il ne fallait pas trop lui parler de choses graves. Il fallait attendre de n'avoir vraiment plus de temps pour les dire. Nous nous ressemblions. Je voulais qu'il soit mon frère. On en discute ensemble, il vient quand je m'endors. Je ne parle jamais de lui. À personne.

Lucio reste le regard suspendu sur un point, au-delà de ses genoux. Puis il se redresse et son visage se radoucit.

– Il y a un lieu dans la montagne, presque à l'exact centre du continent, un lieu que peu de gens connaissent et dont le nom se résume à une évocation dans les guides de voyage les plus pointus. Il n'attire que de rares pèlerins, de temps à autre un ou deux curieux. J'y suis retourné souvent. Toujours avec la crainte de ne pas retrouver ce que j'y avais rencontré la première fois et de m'être trompé, d'avoir été un peu trop exalté. Non. Ça n'a jamais changé.

On part d'une colline arrondie et touffue. Le chemin est bordé de chênes-lièges, de cyprès et d'herbes médicinales. Le silence est plein. Les plantes, les oiseaux, les insectes et les nuages y entrent en visiteurs. Alors, à mesure qu'on avance, que le chemin s'élève et s'enfonce dans le giron de la colline, quelque chose vous prend là, le long des nerfs derrière les yeux, une chaleur, une vapeur qui dilate le tissage serré des peines et allège le pouls dans les veines. Le sang circule mieux sous la peau, l'air entre mieux dans la poitrine. Après, on dépasse la colline, et le chemin se fond dans une campagne. Il ne s'arrête pas, seulement on ne le distingue plus aussi nettement qu'avant. C'est à peine si l'on s'en rend compte, car on continue d'avancer. C'est là qu'aurait vécu, prié et enseigné un grand saint de la région. J'ai visité les plus grandes églises, moi aussi je suis allé au catéchisme quand j'étais petit, j'ai vu des lieux sacrés et de ferventes âmes en prière, des messes grandioses ou pudiques, toutes ces sortes de spectacle, mais c'est le seul endroit, du monde que je connais, dans lequel…

Lucio hésite.

– Dans lequel je pardonne.

Un petit buste en cire nous observe sur l'étagère le long du mur. C'est la fin de l'histoire. Les palmes des arbres, au-delà de la terrasse, se lèvent et s'affaissent, se relèvent et s'affaissent à nouveau. J'ai reposé mon verre que je ne veux plus finir. Lucio n'a dû boire que deux gorgées du sien. La chaleur de la fête s'est éteinte en retombant comme une étincelle perdue de pétard d'artifice. Le village dort sur sa terre ferme. Il est temps de s'en aller.

– Je te raccompagne, *vieni*.

32.

J'ai les membres engourdis d'être resté si longtemps immobile. La lumière que Lucio allume dans le couloir est un réveil qui sonne au petit jour. Pour la première fois, il fait un peu moins sombre dans la pièce. Le bureau à rabat est en désordre. Une pile de feuilles, un livre retourné sur la tranche, des factures, le journal du week-end. Un petit carnet rouge fermé par un élastique. Une équerre, un fin compas à pointe sèche et un crayon argenté à mine rechargeable. Sur les feuilles, des dessins, des croquis, des calculs… Les objets me rendent curieux.

Mes yeux se sont trop vite habitués au changement de lumière, et la lueur que je croyais si vive est déjà affadie ; il fait trop sombre, peut-être que je vois mal, peut-être que je me trompe, mais sous le compas que je soulève pour mieux le regarder, imprimée sur du papier photo, se cache une jeune fille en noir et blanc, qui tourne la tête derrière elle et paraît répondre à quelqu'un qui l'appelle. La grande ligne du menton, les tendons du cou, le lobe d'une oreille, sa boucle brillante, et la pommette gonflée par un sourire. C'est tout ce que j'ai le temps de retenir. Derrière moi, Lucio revient de la cuisine, éteint la lumière, et je repose rapidement le compas sur la photo.

*

Dehors, au loin, de l'autre côté des jardins, un chien aboie sans raison dans l'enclos de sa nuit. Quelques oiseaux réveillés en sursaut s'élancent de leur perchoir pour trouver refuge ailleurs. D'invisibles insectes se répondent encore, le plus doucement possible, d'un rythme régulier et monocorde comme une tribu aborigène qui psalmodierait dans le noir pour éloigner les esprits.

Nous marchons côte à côte dans des rues désertes. Les façades sont silencieuses. À quelques fenêtres se balance le voile d'un rideau. Au bout d'une ruelle en pente, la poussière de la Place fait une tache dans le noir, si lumineuse qu'on pourrait presque lire l'enseigne sur l'auvent du café d'Armando. Les chants et la viande grillée sont aussi lointains que le souvenir d'une autre vie.

Tandis que nous poursuivons notre chemin dans les ruelles plus étroites qui mènent à mon quartier, ma mallette qui ne pèse plus dans mes mains libres me revient en mémoire : je l'ai oubliée. Pris d'une sorte de panique, je retiens Lucio par le bras et lui explique qu'il faut que je retourne la chercher. Je ne peux pas rentrer sans elle, il y a tous mes cours dedans.

Sa malice pétille dans la nuit quand il se tourne vers moi pour me dire :

– Dis-moi, c'est que ça marche, cette histoire de professeur…

Les lampions entre les arbres sont encore allumés. Beaucoup d'ampoules ont été brisées, par la danse, par la musique ou, qui sait, par les éclats de voix. Elles scintillent çà et là sur le sol, dans le sable ; des clins d'œil dans la poussière. Nous déambulons un moment, slalomant entre les vestiges de la soirée. Les débris de la fête jonchent le sol, évanouis, privés de leur souffle, attendant inertes et dociles qu'on les ramasse comme des poissons échoués à marée basse. Des bouteilles sur les tables, des chaises dispersées, des mouchoirs envolés, soulevés mollement par le vent qui les dépose plus loin. Avant d'aller se coucher, certains ont tout de même essayé d'en jeter le plus possible dans de grands sacs posés en file indienne le long du mur d'Armando. Dans un coin, des chats ont éventré le plastique pour ronger les os.

Je reviens du côté du café. Lucio est là, appuyé contre le muret.

– Tu verras, je les connais, demain matin y aura plus rien de toute cette merde sans qu'on sache qui s'en est occupé, ni quand. Tout aura disparu. Ils sont incroyables pour ça, faut bien le reconnaître… Aide-moi à retrouver ton cartable, qu'on se barre d'ici.

Nous retournons les chaises, soulevons les nappes jetées pêle-mêle sur la terrasse, balayons la piste de danse et ses alentours. Aucune trace, nulle part, de cette pochette en cuir. Mes efforts pour voir dans le noir m'étourdissent et j'en oublie ce que je cherchais. Mon lacet s'est encore défait. Je suis fatigué.

– Tant pis, on s'en va. Tu verras qu'elle sera demain sur une table du café. T'en fais pas, va.

Le jour se lève sur Fermagina et nous sommes déjà demain, la nuit est noire, mais au bout de la Place, à l'horizon du village, frémit une clarté toute poudrée pour le jour, qui s'agite dans les coulisses avant son entrée sur scène ; c'est un frémissement derrière un rideau qui s'apprête à s'ouvrir, un bruissement dans l'air, les premiers oiseaux qui passent au-dessus de nous, l'appel des mouettes sur la mer. Nous lançons un dernier regard sur les lambeaux de la veille. Qui sait ce qui aura changé en nous l'année prochaine pour le grand retour des lampions, des viandes grillées et des chaises de jardin en exil ?

Lucio me raccompagne jusque chez moi. Son azur est redevenu plus sombre, son ascendant naturel sur toute chose s'est dissous. Il n'ajoutera plus rien malgré ses yeux qui parlent, il sait, sans que j'aie à le lui dire, ce que je comprends. Je n'ignore pas ce que cache ce sourire, ni ce que cache ce bleu. Je lui tends la main sur le pas de ma porte, la toute première que je tends depuis ma vie à Fermagina, encore un peu et je n'aurais plus su comment m'y prendre. J'ai la certitude, soudain, que personne ne viendra me chercher ici.

– Lucio, pourquoi Fermagina ?

Il ne réfléchit pas. Il s'est déjà posé cette question. Il cligne rapidement des paupières.

– Rendez-vous chez Armando, demain. On ira voir quelque chose.

Il marche entre les deux trottoirs au milieu de la rue vide, les mains dans ses poches de jean rêche, remonte la légère pente qui mène au centre du village, puis disparaît complètement pour retrouver les lauriers de sa terrasse écaillée, et sous le compas du bureau, la jeune fille en noir et blanc.

33.

Un soleil déjà haut cogne sur mon visage. Je n'ai fait qu'enlever mes chaussures, tirer mollement sur mes chaussettes, sur ma chemise, je me souviens aussi avoir essayé de deviner dans le noir la tache en forme de pin parasol sur le plafond pour m'assurer que j'étais bien à ma place, avant de tomber dans un sommeil sans rêves, allongé de biais sur le couvre-lit.

Je me réveille avec la même torpeur qu'en sortant d'une salle de cinéma en plein après-midi, personnage échoué hors de sa toile tendue. Je contrains mes yeux à rester ouverts sur une pièce pleine de jour. Il fait déjà chaud. La moiteur s'installe sur la nuque et aux plis des articulations. Ma chemise de la veille attend, comme un vieux chien au pied du lit. Elle sent d'ici la cigarette et la poussière, et peut-être aussi, peut-être encore, les doigts, la paume et le ventre de Manuela, puis l'odeur, plus lourde et ambrée du dossier du fauteuil de Lucio. Assis au bord du lit, les pieds nus sur le carrelage et la zébrure du soleil me mordant les épaules, je me sens vieilli, mon reste de jeunesse est de l'argent poli, inoxydable, le cœur dans ma poitrine s'est déployé. C'est retrouver sa place sur l'écran blanc du cinéma, et y entrer, et en sortir, sans que rien n'en soit changé.

Je referme mes volets sur les palabres des poules dans la cour et sur le vent dans les palmiers. C'est un temps pour faire du bateau, pour partir au large.

Sur la table, Madame Ruffi a laissé hier un pot de confiture. Mon café est trop chaud. Il ne peut être que très tard, je cherche désespérément, pour le vérifier, un réveil qui fonctionne, une radio avec des piles. Dans le hall, Madame Ruffi trie du courrier derrière sa verrière. Une bassine de linge mouillé déborde à côté d'elle, de l'eau s'écoule en une rigole qui inonde les carreaux. Je la salue en me penchant derrière la vitre. Madame Ruffi sursaute toujours. Si je fais du bruit pour m'annoncer, c'est encore pire que d'arriver sur la pointe des pieds. Je finis par croire que c'est une habitude qu'elle a prise et qui l'amuse, se laisser surprendre par quiconque s'approche d'elle, en poussant un petit cri.

– *Aspetta ! Guarda un po', c'è qualcosa per te sul tavolino !*

Sur le petit guéridon de l'entrée, sage et immobile, le voilà, mon cartable en cuir, barbouillé de poussière blanche.

– *Una signorina me l'ha portato stamattina. Mi ha detto che la conosci.*

*

Lucio avait vu juste. Ce matin sur la Place, il ne reste rien du tableau que nous avons traversé la veille.

Les enfants sont à la mer et les hommes partis au travail. La cloche de la chapelle se disperse dans le ciel haut et rond.

Les guirlandes ont été décrochées des arbres, les éclats d'ampoules nettoyés. Il ne reste qu'un nombre plus élevé de verres propres qui sèchent et me regardent passer, regroupés sur une table devant le café d'Armando. Sous les restes d'ombre de la terrasse, un groupe de femmes s'est rassemblé autour d'une table et discute à voix basse. Elles ont troqué leurs robes cintrées pour leurs habits de tous les jours. Elles esquissent un sourire quand je passe devant elles avant de replonger dans la lagune de leurs murmures.

Il n'y a personne à l'intérieur. Le sol a été lavé à grande eau et les dernières taches humides s'évaporent. J'avance en prenant garde de poser mes pieds sur les dalles déjà sèches, peut-être moins par peur de salir le travail d'Armando que par celle, égoïste, d'user déjà mes nouvelles chaussures. J'ai laissé les anciennes au chausseur du bout de ma rue. Je sais qu'il s'enthousiasme pour le moindre morceau de cuir. Sur le tabouret qu'il m'a indiqué, au bord du trottoir, j'ai enfilé les sandales brunes qu'il était allé chercher pour moi. Trois lanières se croisent pour maintenir le pied. Je n'ai jamais porté de chaussures ouvertes devant les autres, et cette idée me fait un peu battre le cœur. Un petit garçon qui ferait pipi debout pour la première fois.

J'entends des rires derrière la porte du fond, celle qui donne sur le petit terrain où personne ne va jamais. Bientôt, des pas se rapprochent. Une voix grave et sonore se distingue d'un rire et d'un claquement de talons qui la suit. Les pas s'arrêtent, font demi-tour, reviennent, semblent tourner en rond sur le pas de la porte. Quand ils se décident enfin à entrer, je devine la silhouette d'Armando, un seau à la main, qui invite une femme à passer la première. Sa robe jaune et blanche, ses cheveux étonnement blonds noués en chignon au-dessus de sa nuque ne me sont pas familiers. Quand elle s'avance de mon côté, ses gestes retenus et son maquillage me confirment qu'elle n'est pas de Fermagina. Je repense aux histoires de Peppa, à la jeune maîtresse du mari de la Zia. Parce qu'elle est blonde comme le petit frère.

Elle porte dans les bras une cagette de tomates recouvertes d'une pellicule de terre sèche qui les rend blanches. En me surprenant debout au milieu de la salle, elle esquisse un mouvement d'arrêt, une seconde à peine, elle me salue de la tête, puis elle pose la cagette sur la seule table laissée libre par la vaisselle. Elle sort sur le perron du café en passant devant moi. Elle laisse derrière elle un parfum d'herbe coupée et de verveine.

– Ah, tiens, te voilà. *Come stai ?*

Il fait un effort pour retrouver sa voix de tous les jours. Son assurance a les yeux baissés sur ses mains. Il jette des regards vers l'extérieur où la femme a allumé une cigarette et le regarde peut-être aussi.

– Lucio est passé. Il m'a dit qu'il sera du côté de l'*ancienne poste*. Il paraît que vous aviez rendez-vous ? J'espère avoir bien compris… Y a rien là-bas.

Il saisit la cagette de tomates et la déplace sur le comptoir qu'il contourne pour se rincer les mains dans l'évier.

– Tu sais comment on y va ? Prends par Via Santonia, c'est plus simple.

Lorsque que je fais mine de m'en aller, je l'entends m'appeler encore :

– *Aspetta, non vuoi un caffè prima* ?

Il me sert un fond d'espresso brûlant qu'il faut boire d'une traite. Il trie les fruits en les soupesant dans sa paume, tout en poursuivant ses œillades anxieuses vers l'entrée.

– Elles sont belles tes tomates, Armando…

Il lève les yeux et me regarde sourire derrière mon verre d'eau. Il secoue la tête et entrouvre la bouche, mais je me lève avant qu'il ait le temps de dire quoi que ce soit.

– *No, non dire niente. A più tardi.*

Et il libère dans mon dos un rire soulagé qui vient rejoindre le mien.

Dehors, le groupe de tout à l'heure a quitté sa place et son conciliabule. Il ne reste que leurs tasses vides, un mouchoir coincé sous une soucoupe et un morceau de sucre émietté sur la table. Alors que je me retournais vers la façade du café, à l'étage, la femme à la robe jaune et blanche a ouvert la fenêtre du petit salon et me regarde m'éloigner. En croisant mon regard au loin, elle me fait un grand signe du bras.

31.

La Via Santonia est la toute dernière rue du village avant les collines et la pleine campagne. Elle longe la mer qu'on ne peut pas voir, cachée derrière les façades roses et brunes des immeubles et les jardins de pittospores et d'amandiers, avant de s'arrêter sans prévenir sur une petite route de terre qui monte vers les hauteurs du paysage. Le chemin passe devant un bâtiment abandonné, une petite villa en ruine qu'on appelle ici l'*ancienne poste.* J'avais entendu parler de cette maison et de ce surnom sans tout à fait comprendre ce qu'on entendait par là. À quoi cela pouvait bien ressembler, une ancienne poste de Fermagina ? C'est au détour d'une conversation que j'ai fini par trouver mon explication.

Cette bâtisse avait eu plusieurs vies. Elle avait servi d'auberge pour accueillir les voyageurs d'une nuit, ceux qui rejoignaient le continent par le port. Ils trouvaient là un toit où dormir en attendant le bateau du lendemain. Les habitants de Fermagina savaient qu'ils croiseraient toujours un voyageur qui traverserait la région d'un parent ou d'un ami. Ils visitaient tous les jours l'auberge pour confier leur courrier. Les étrangers promettaient de les remettre en main propre en échange d'un rabais pour la nuit et le couvert. À leur retour, il n'était pas rare qu'ils reviennent avec une réponse dans leur bagage.

Je compris qu'on l'avait appelée *poste* pour cette raison, que ça n'avait d'abord été qu'une plaisanterie, puis que, passée de bouche en bouche, reprise de voyageur en voyageur, de villageois en villageois, elle usurpa à l'auberge un nom dont plus personne ne se souvient aujourd'hui. Par épisodes, on me raconta sa naissance. Une jeune femme anglaise avait choisi cet endroit pour y faire bâtir, un peu en retrait, la maison de ses rêves. Il paraît qu'elle était riche. On disait qu'elle avait été mariée très jeune, qu'elle avait divorcé moins d'un an plus tard pour aller vivre sa vie. Dans sa famille, on ne pouvait plus parler d'elle ou la croiser sans baisser les yeux de honte.

La maison fut meublée avec tout ce qu'elle avait rapporté de ses années de voyages. Preuve qu'elle était restée bien anglaise, elle avait doté la maison d'un petit jardin avec potager, arbres fruitiers et poules pour « pouvoir faire ses propres omelettes », comme elle disait. Elle était allée jusqu'à rêver d'un petit bassin dans lequel nageraient des poissons, mais tout cela allait quand même un peu loin, et le projet fut abandonné.

On la voyait tôt le matin travailler sous le soleil. Elle s'était fait prêter des pantalons d'homme par les pêcheurs et les ouvriers du village. C'était la première fois qu'on voyait une femme en chapeau de paille porter la culotte. Elle s'était fait envoyer des graines d'Angleterre par correspondance. Elle s'était amusée avec les femmes du village à les choisir dans un catalogue. Toutes étaient venues l'aider, lui faisant comprendre par geste que, sur cette terre, on ne pouvait pas toujours faire pousser ce qu'on voulait, qu'il fallait mieux la connaître, mieux l'apprivoiser. Elles découvrirent, guillerettes, l'art parfaitement inutile de la préparation du thé. Elle leur apprit à dire *milk*, *apricot*, *rain*, *bird*... Les enfants couraient dans la rue en essayant d'imiter ces mots que leurs mères leur répétaient en se trompant.

On s'en méfiait autant qu'on s'en amusait, les hommes surtout. Leurs épouses s'étaient mis en tête de coudre en cachette leur premier pantalon. Pas une n'osa le porter, mais il leur arrivait certains soirs de se réunir chez l'Anglaise pour les admirer. On raconte beaucoup de choses. On dit qu'elle a fini par tomber enceinte d'un garçon du village, et qu'il l'a emmenée. Elle avait dû tomber très amoureuse pour quitter ainsi sa chère maison. D'autres racontent qu'elle a été rappelée d'urgence en Angleterre, qu'elle a promis de revenir, et qu'on n'a plus entendu parler d'elle. Pour d'autres encore, elle serait tombée malade, ou aurait fini par en avoir assez du soleil trop brûlant et du potager qui ne donnait rien. À son départ, la maison a été occupée par tout un tas de personnes plus ou moins illustres, plus ou moins d'ici et d'ailleurs. Une seule chose n'a pas changé : elle a toujours appartenu à des étrangers, elle n'a jamais intéressé personne d'autre, et on a toujours vécu dans l'attente curieuse de ce qu'elle deviendrait une fois le dernier propriétaire parti. On n'a jamais très bien su de quelle façon elle passait ainsi de mains en mains, puisqu'elle n'avait jamais appartenu qu'à l'Anglaise. Ses successeurs revendaient un bien qui n'était pas à eux. Un jour, plus personne ne s'est présenté et les murs sont restés sans propriétaire. C'est ainsi qu'elle devint ce relais de quelques lits jusqu'à ce que les hôtels fleurissent en ville, et que Fermagina et sa maison sur la colline ne servent plus à rien.

Ces histoires me plaisent, et je me les remémore souvent. Certains jours, si le temps est clair, on peut apercevoir la maison du haut des derniers étages. Autour, les terres ne sont pas cultivées, ce sont des lieux de pâture pour les brebis, et la mer, derrière les arbres, ronronne au pied des rochers. Comme l'avait compris l'Anglaise, rien ne pousse là-bas. Les prairies sont minées de roches, les paysans ont préféré travailler les champs de l'autre côté.

C'est là que Lucio m'a donné rendez-vous. Ça n'a rien d'étonnant. Il aurait tout à fait pu inventer ces légendes pour les faire croire à n'importe qui.

Au loin, je ne tarde pas à le reconnaître, qui s'active autour des murs abandonnés. La chaleur écrase tout. La nature bruisse d'insectes décharnés, du crépitement des herbes jaunes, de la réverbération du soleil sur les pierres, des arbres qui pompent goutte à goutte l'eau rare du bout de leurs racines. Lucio me fait signe d'approcher. Sur son visage, l'air de celui qui détient un grand secret.

– Je parie que c'est la première fois que tu viens.

Les plantes grimpantes envahissent les murs, sortent des débris du toit et des fenêtres. Celles-ci sont abîmées. La plupart des carreaux sont manquants. Des stores de bois rouge sont déroulés à certaines d'entre elles.

– Ce que personne ne t'a dit, parce que personne n'oserait se vanter d'une perte pareille, c'est que toute la campagne que tu vois autour a accueilli pendant plusieurs années les vignes de la meilleure production de vin du pays. Il se vendait à prix d'or. C'est l'un des derniers habitants de la maison qui a eu l'idée des vignes. Il paraît qu'il faisait ça partout où il allait, planter du raisin, quel que soit l'endroit. Quand il est arrivé à Fermagina, il était déjà vieux, ça a été sa dernière production. Et la plus réussie. Il a fait creuser des terrasses, là-bas, sur les flancs de la colline, tu peux encore les deviner. Il a fait venir de loin tout le matériel. Il a réussi à enrichir les sols par une technique miraculeuse, le raisin a poussé. Il en avait enseigné l'art à quelques jeunes du village. Ça avait rendu Fermagina presque riche. Les connaisseurs venaient de loin pour acheter des bouteilles.

Quand le vieux est mort, personne n'a voulu reprendre le domaine. Les jeunes qui travaillaient pour lui sont partis. Il leur avait donné le goût du travail, ils sont allés en chercher plus loin. Quelques villageois ont essayé un peu de maintenir les cultures en vie, mais impossible, trop tard, elles ne donnaient plus rien, et tout a crevé.

À l'endroit que Lucio m'a indiqué, sur les petites collines environnantes, on distingue encore, estompées par le temps, le soleil et la végétation, les remparts en pierre des cultures en terrasse.

– En contrebas, il y a une grange qui servait à entreposer le matériel. Il y a encore des cuves, des fûts, les morceaux d'un pressoir démembré. Le reste de la ferraille a dû être vendu. Quant au mobilier de la maison, aux objets, à la vaisselle… Je ne sais pas. Il n'y a plus rien, absolument plus rien à l'intérieur. C'est une maison vide. Les murs sont encore solides mais le toit ne tient plus. Les canalisations sont pourries, l'électricité n'y a jamais été installée qu'à moitié. Y a du boulot. Viens voir par-là.

Nous contournons le bâtiment, ses murs épais de forteresse. C'est un simple rectangle allongé, donnant d'un côté sur la campagne escarpée, de l'autre sur la mer. La peinture de la façade s'effrite, laissant percer ici et là la brique rouge. Le toit est plat, entouré d'un petit muret troué aux quatre coins pour laisser s'écouler l'eau des pluies d'hiver.

Nous atteignons l'autre versant de la maison, la terrasse vers la mer, ses piliers qui soutiennent une tonnelle disparue. Les pierres plates sur le sol patientent, endormies, en s'étalant mollement, des brins de garrigue brûlés dans leurs jointures. De ce côté-ci, l'ombre clairsemée soulage les traits tendus du visage. Les arbres se balancent et viennent chatouiller les angles du toit. Une porte vitrée aux battants clos comme une bouche longtemps restée muette reflète sur le sol et sur nos figures les éclats de ses vitres jaunes. Plus loin, deux minuscules ouvertures aux petits volets transpercent le mur. Une bassine écaillée repose dans un coin. Des pots fendillés. Des cagettes de bois mort.

Lucio poursuit son chemin, traverse la terrasse, s'engage, sûr de lui, dans la végétation qui lui arrive à la taille. Je le suis. D'une plante se détachent par dizaines des petites boules qui s'accrochent aux jambes des pantalons, se glissent dans ma sandale. Lucio s'aventure du côté de la mer, dans la broussaille de plus en plus épaisse, levant les pieds de plus en plus haut pour s'y frayer un chemin, s'aidant parfois des mains pour séparer les plus grands épis. Le bord de la falaise est tout proche. Des insectes s'envolent à notre passage, exécutent des bonds dans les airs qui les propulsent un ou deux mètres plus loin. L'un d'eux imite le serpent à sonnette.

Les herbes résistent pour ne pas s'enflammer. La sueur s'écoule en lourdes gouttes poisseuses sur ma nuque. Nous avançons ainsi quelques mètres encore, jusqu'à ce que Lucio s'arrête devant une ouverture basse qu'il me désigne de la main, un demi-cercle de pierre à peine plus haut que nos genoux, dont il ne reste des battants que les quatre crochets rouillés. Il s'agenouille vers le trou et fait cogner son poing fermé contre une barre en fer. Une échelle. L'ancienne cave à vin. Je souris à un Lucio ravi, vainqueur, en nage sous le soleil, essoufflé par l'enthousiasme et la fierté, Lucio qui finit toujours, prodigieusement, où qu'il soit, par devenir le gardien de la mémoire de toute chose, le monde se dénudant, conquis et amadoué devant le bleu indompté, affranchi et prompt à s'émerveiller de son regard.

35.

– Il n'y a pas de mairie à Fermagina. Il ne reste que la mémoire des gens. Concernant la maison, on peut toujours les faire parler. Tandis que sur cette cave, aucun aveu, aucun souvenir, rien. Pourtant, c'est bien la preuve qu'on cultive le vin depuis longtemps. Le vieux qui s'y est implanté devait le savoir.

J'ai fait des recherches lors d'un passage sur le continent. Les fondations de cette cave sont bien plus anciennes que la maison. Il n'y a pas eu d'études, tout le monde fait semblant de ne rien savoir. C'est un petit trésor qu'on a là, je t'assure. C'est ici, à l'écart de tout, que les premiers insulaires stockaient le plus gros des réserves, de vin, mais pas que. La cave n'est pas profonde. Pas profonde, mais vaste : poisson séché, farine, tubercules, bois certainement, tout trouvait sa place… Discrète aussi. Seuls les anciens de la région connaissaient son existence. Tu comprends, en cas d'attaque, ou de guerre, ils auraient toujours de quoi manger et un endroit où se mettre à l'abri.

Ils avaient une peur bleue des pillages, des invasions, des rapts et des famines : il n'y a jamais rien eu de tel. Je doute qu'aucun soldat ait jamais foulé du pied ce rivage, et malgré tout, tu vois, on savait ce que la guerre voulait dire. Il n'y a pas si longtemps encore, on ne parlait que de ça, on ne parlait que d'elle, de tous les jeunes, déjà si peu nombreux, qui sont partis sans revenir, soit parce qu'ils ont été tués, soit parce qu'ils ont vu autre chose, ils ont oublié de revenir. Il n'est resté que les vieux parents et les femmes, sans aucun avenir. Ils ont connu la plus grande peur du monde : celle de disparaître. Les villages de l'île, Fermagina et les autres, étaient réellement décimés. Tu t'imagines, une île redevenir déserte ? À la fin de la guerre, les familles se sont juré de ne plus jamais quitter le village. La promesse s'est transmise en héritage. Depuis, les générations se sont succédé, changeant les promesses. Les parents laissent maintenant leurs enfants en dehors de ces histoires, mais le tabou du départ et des voyages sans retour est resté. On les vit toujours comme une hérésie, comme un fléau qui fait son grand retour.

Lucio se retourne et fouille du regard les collines. Derrière nous, le chemin que nous avons tracé revient vers la maison, vers son toit plat, vers son ombre d'oasis.

– Quelque part, à mi-chemin entre ici et la pointe derrière cette colline, se trouve le cimetière de Fermagina. Les autres villages, qui sont plus petits, trop serrés les uns aux autres, viennent aussi y enterrer leurs morts. Ici, on les range le plus loin possible des maisons.

C'est un village à part entière. Lorsqu'on les visite, la tradition veut que chaque pas qu'on égrène soit un souvenir, un vœu ou un rêve, pour leur offrir un surplus de vie, le temps d'une marche. Pour leur laisser le temps de nous parler. Les morts prennent leur temps. C'est toujours un voyage d'aller les voir. Les cimetières sont beaux. On en prend soin. On décore les tombes avec des pierres volcaniques, avec des cailloux de toutes les couleurs… Les enfants en rapportent toujours de la plage, pour la prochaine visite.

– Je comprends. À Lomé, au croisement de deux rues, j'ai vu une église décorée comme un sapin de Noël.

J'ai parlé d'une voix d'outre-tombe. Lucio me regarde, hoche la tête, puis reprend.

– Les caves, ça n'existe pas à Fermagina. On ne peut pas creuser le sol au-delà des fondations d'une maison. On tombe sur la roche de la falaise. C'est pour ça qu'on l'a fait ici, parce qu'elle forme une bulle sous la surface de la terre. En vérité, des trous comme celui-ci, il y en a cinq en tout, là, autour de nous. Les entrées sont bouchées par des dalles de pierre recouvertes par les plantes. Ce sont des tombeaux. Celui-ci est le mieux conservé. Pour y entrer, il faut se laisser glisser dans le vide. L'échelle a été installée bien plus tard.

À l'intérieur il y a quatre banquettes creuses, de la taille d'un homme. C'est comme ça qu'on les présenta, à l'époque. Comme des banquettes. Mais ce sont bien des tombes. Je ne peux pas les croire assez stupides pour ne pas l'avoir deviné. Les anciens savaient que l'île était constellée des vestiges d'une civilisation perdue. Les traces de couleurs aux murs ne pouvaient tromper personne, pas plus que les voûtes au plafond. Durant les nuits de menace, c'est dans leurs nids de pierre qu'on couchait les enfants, blottis les uns contre les autres.

Je me penche vers l'ouverture et pose mes mains sur le rebord du trou. La pierre est froide. Oserai-je y passer mes pieds, pousser sur mes coudes et, comme me l'a expliqué Lucio, sans réfléchir davantage, me laisser tomber dans le vide ? Aucun écho ne remonte des profondeurs, d'où ne s'échappe ni odeur de grotte ni odeur de mort.

Lucio glisse ses mains dans ses poches en serrant les poings.

– Moi, ici, tu me demandes ce que je suis venu faire. Parce que tu sais qu'on est tous venus ici pour faire quelque chose. Pour trouver un sapin de Noël entre deux rues ? J'ai attendu mon moment pour m'envoler jusqu'ici. J'ai été patient. Je l'ai guetté. Il a mis du temps à venir. Trop de temps, peut-être. J'ai voulu mériter mon départ. Question d'honneur, sans doute, ou disons de conscience. Ou de lâcheté. On ne me prenait pas vraiment au sérieux. J'ai dû en surprendre certains. Ou plutôt en décevoir. Qu'est-ce que ça peut bien faire, maintenant ? Je me suis trouvé bien ici, je suis resté.

Un lézard à la gorge bleue avance en automate sur l'arc de la voûte. Nous nous sommes assis dans les herbes qui nous dépassent maintenant de toute leur taille. Le lézard s'est arrêté et braque son œil sur nous.

C'est à lui que Lucio, dans un rire inattendu, semble maintenant s'adresser :

– Tu sais bien, quand on ne se sent pas libre, combien on peut rêver d'une île…

En se redressant, le regard tourné du côté de la mer, il me dit encore, avec la ruse de celui qui a l'art de changer de sujet avant que les questions ne se posent :

– Il paraît qu'il y a une cave sous-marine le long du rivage, une cave à vin dans la mer, des bouteilles qu'on allait chercher en plongeant et qu'on remontait, triomphant, glacées et noires dans un filet. Elles n'avaient jamais vu le jour. Je ne sais pas s'il en reste encore. Peut-être bien… On dit que le vin avait la saveur des meilleurs coquillages.

*

Nous revenons sur nos pas par le chemin que nous avons tracé. La maison est tapie contre les arbres bas et l'immensité du ciel de la mi-journée. Son toit bouillant fait vibrer l'air.

– Des ruines, on en ramasse à la pelle depuis quelques années. La plupart du temps, elles sont à vendre. Celle-là n'est même pas inscrite sur le cadastre.

À l'intérieur, c'est une toute petite entrée presque ronde. Nos têtes sont surplombées par la charpente du toit à découvert. À travers des morceaux éboulés du plafond, le bleu uni du ciel. Lucio et moi errons chacun de notre côté, passant d'une pièce à la suivante, franchissant des murs qui n'ont rien ni d'une villa, ni d'un relais de voyageurs, ni du refuge d'un propriétaire d'exploitation viticole. L'*ancienne poste*, c'est une maison de campagne.

Dans la pièce principale à la grande porte vitrée jaune, il ne reste presque rien du toit. Les percées illuminent le sol par de grands cercles désordonnés, des feuilles mortes, des branches, des fientes d'oiseaux, des coquilles d'œufs de couleur verte. Trois boutons ronds ont roulé dans un coin. Ma respiration est aspirée par les murs. Derrière une porte coulissante en bois, bloquée dans son mouvement par un battant désaxé, je reconnais à la dalle de pierre creuse, juste percée d'un trou, l'évier de la cuisine. En frottant la crasse du mur du plat de la main, je fais surgir sur son pourtour un cheval, puis un deuxième, puis un troupeau entier qui danse, au-dessus de la bouche d'évier en trompe d'éléphant.

Par-delà les murs, par-dessus le toit et la charpente entrecroisée, Lucio me crie :

– Alors, prof, elle te plaît ?

36.

La rentrée des classes approche. Les premières feuilles ne tomberont pas tout de suite, mais on y voit moins bien, le soir, au café d'Armando. Quand j'ouvre mes volets, le village est enveloppé de brume. L'air est une vitre dépolie. Les sons se radoucissent et les gestes sont plus lents, encore ensommeillés, comme dans un paysage de neige. La campagne a un sourire de bouddha.

Il ne sert plus à rien de garder les fenêtres fermées pendant la journée. Avant de partir, Peppa se charge de les ouvrir en grand sur la Place. Le soleil, les odeurs et les bruits, papillons de nuit agglutinés, viennent valser dans l'appartement. Ce sont mes toutes dernières leçons chez le petit frère. Je ne sais jamais si je serai là le lendemain. Je quitte chaque après-midi l'appartement comme si c'était la dernière fois. La Zia ne me dit rien. J'attends le jour où elle me rappellera dans le couloir pour m'annoncer qu'il est inutile de revenir.

Le petit frère ne parle jamais de sa rentrée, ni de la fin des vacances. Il n'exprime jamais rien non plus sur les projets de la Zia. Quand elle lui en parle, je l'imagine rester muet, avec son air de ne pas en être. J'ignore ce qu'il y a sous ce silence. Serait-ce sa manière d'avoir confiance en lui ? Ni mes leçons ni mes exercices n'y seraient pour quoi que ce soit. L'atlas, peut-être. Peut-être l'atlas lui a-t-il donné le sentiment que le monde est plus vaste que là où sont déposés ses bulletins scolaires.

Ce soir, la Zia m'invite à rester dîner avec vous. C'est bien la première fois qu'elle a pour moi une attention semblable. Il y a peu de temps encore, j'aurais eu peur de dire oui.

Un escalier en fer zigzague contre la façade pour descendre dans la cour, passant devant les fenêtres fermées des deux premiers étages. De là-haut, la vue s'étend jusqu'au bout du village. À gauche, plus haut, invisible d'ici, il y a une maison qui ne quitte pas mon esprit.

On entend des bruits de couverts qu'on pose sur les tables dans les jardins voisins, de petits pas qui cognent les trottoirs, quelques voix qui s'appellent. Les oiseaux ne se précipitent plus ; ils se laissent dériver. Du promontoire des escaliers, le jardin de la Zia est un enclos entre quatre murs de pierre. Quelques plantes aromatiques et un minuscule potager dans un bac en bois occupent un angle, tandis qu'un figuier jette son ombre sur les pavés, bordés de cactus. Des lauriers aux fleurs cramées suivent le muret. Quelqu'un doit bien s'occuper de ce jardin, mais qui ?

– Ah, vraiment, c'est commode de se rendre jusqu'ici, n'est-ce que pas ? ironise la Zia en me voyant descendre les marches raides.

Elle est assise près d'une table ronde et blanche sur laquelle nous dînerons. Si on y appuie trop les coudes, si on y pose une charge trop lourde, la tôle s'affaisse sans prévenir et vibre comme un gong.

Elle lit un journal d'économie. Une guêpe s'agite autour de son verre de jus de fruit. La Zia ne boit que du café et des jus de fruits. De temps en temps, elle hausse les sourcils, opine de la tête, ne relève jamais les yeux. Elle saute les pages comme si elle ne s'intéressait qu'aux images et leur légende. Elle achète ce journal, j'imagine, depuis qu'elle et Monsieur Munoz se fréquentent.

Cette étrange famille joue ce soir à être semblable aux autres. La Zia ne s'est pas désistée. Manuela a promis de rentrer tôt. Je sais que ce dîner signe la fin de mes venues. Une solution a été trouvée, un avenir dans lequel je ne suis plus utile à rien. Pour clore l'histoire, j'ai presque envie de tout lui raconter de moi et qu'on se jette de soulagement dans les bras. Pourrais-je encore rêver être chez moi, à Fermagina, quand la Zia m'aura flanqué dehors ? Les pages de son journal bercent l'atmosphère mieux que la pendule d'une horloge. Venu d'en haut, on entend quelque chose grésiller sur une poêle. Dans la cour, autour de nous, un pot de terre cuite fendillé d'où s'extirpe une plante grasse d'au moins deux cents ans. Deux vieux pichets en émail à la peinture râpée. Un chemin de pierre qui mène au fond du jardin. Une chaise longue derrière un bosquet.

Petit morceau. Tu te souviens. Ton père et ta mère dînent de chaque côté de toi, tes frères te font face sur la table ronde, on vous sert des légumes devant lesquels vous faites la grimace, et vous déjouez avec ruse l'autorisation de la mère de n'en manger que la moitié, en en déplaçant un peu de l'une vers l'autre, lorsqu'elle fait semblant de ne pas voir. Après le dessert, vous réclamez un « petit supplément », un mot élégant et raffiné que vous n'avez jamais entendu ailleurs, et qu'il vous semblera pendant longtemps avoir même inventé. Les parents se grattent le menton, jouent à hésiter, puis vont chercher, pendant que vous fermez les yeux, un morceau de chocolat au lait que vous découvrez dans votre assiette comme une pépite d'or au fond d'un torrent. C'est tout ce dont tu te souviens de tes dîners de famille. Plus tard, marchant dans la rue, lorsque tu auras grandi et que tu seras en train de vivre tes premières années seul, ta gorge se nouera en voyant une femme passer le soir, un plat recouvert de papier d'aluminium entre les mains, vers le refuge d'un repas heureux où les portes te seront closes.

C'est terminé.

À l'annulaire gauche, la Zia porte un anneau trop grand qu'elle réajuste avec le pouce.

Elle a déposé son journal au pied de son fauteuil. Elle serre discrètement ses poings et cache ses doigts dans ses paumes. Alors elle sourit en baissant le menton, ses yeux sont doux et calmes, et je vois dans l'espace de cet éclair se glisser le visage d'une femme tranquille reléguée depuis longtemps dans les abysses de sa mémoire. Une feuille de journal s'envole. Une deuxième. Je fais mine de me lever pour les rattraper, mais elle me retient :

– Laissez. Ça ne fait rien. On les ramassera plus tard.

Dans les étages, une porte claque. Ses poings sur son ventre, à se frotter les uns aux autres, deviennent rageurs. Un pli se creuse entre ses sourcils. Le vent défait par terre le journal.

– Nous avons trouvé un bel appartement. En plein centre-ville. C'est magnifique, bien sûr. Et très cher, mais je n'aurai rien à dépenser… Pour l'instant. Je signe demain. Nous verrons. Je vous dis cela, parce que je ne pourrai pas m'attarder après le dîner, à cause des bagages. Excusez-moi.

– Bien sûr…

Elle redresse la tête et reprend sa respiration, prête à ajouter d'autres détails, mais elle se ravise, ou elle change d'avis, et ne dit rien. Je comprends qu'il y a des mots qu'elle n'a jamais prononcés et qu'elle parvient à peine à penser. Elle ne me parle pas du double des clés que je possède et qui cliquette dans ma poche quand je marche.

– Tout ira bien pour le petit, je me suis beaucoup renseignée. Je sais quoi faire. Et Manuela repart bientôt, quoi qu'il en soit.

Elle répète :

– Tout se passera bien.

Elle chasse la guêpe de son verre d'un geste brusque et ramasse une page de journal qu'elle se met à triturer entre ses mains. Elle regarde ses doigts déchirer les petits morceaux de papier sur ses genoux.

– Je n'arriverai jamais à vendre ici. Ou bien dans plusieurs années. Il faudra attendre, beaucoup, et je ne peux pas attendre. Le temps passe, on ne peut rien faire. La vie ne fait pas de cadeaux. Vous savez bien.

À la façon qu'elle a de lever les yeux vers moi, je sais que la Zia essaye de me parler de ce que je suis supposé connaître, comme la beauté la vie, comme la préciosité des choses, mais sans y parvenir, de peur peut-être que je ne la juge, de peur que je ne la comprenne pas. Une porte claque encore. L'odeur du dîner commence à descendre jusqu'à nous. Elle froisse en boule le journal déchiqueté, revient de ses pensées, et paraît oublier tout ce qu'elle vient de dire.

37.

À force de nager sous le soleil, sa peau a pris la couleur d'un miel sombre, plus sombre encore que celui de ses yeux, et ses taches de rousseur semblent maintenant se rejoindre pour ne plus former qu'une voilure brune sur la peau. Elle a quitté ses chaussures, peut-être a-t-elle encore du sable entre les doigts de pied, dans les replis de sa peau, elle est là, toute salée encore à l'autre bout de la cour, et chaque jour je me laisse aller à quelques secondes de plus, quelques secondes de trop, dans un regard que je ne veux plus détourner, devant des voiles qui se soulèvent et des barrières que sa pudeur franchit.

À table, Manuela, tu regardes parler la Zia de tes yeux railleurs et un peu lointains. Tu la trouves grotesque et banale. Peut-être as-tu surpris notre conversation sur le promontoire du troisième étage. La porte qui claque, c'était toi.

On me sert un plat de poulet que je mâche avec d'infinies précautions et que je suis le dernier à finir. Je n'en ai plus mangé depuis mon premier poulet yassa à Dakar. J'avais été malade comme un chien.

Nous nous regardons par-dessus nos assiettes et faisons semblant de prendre la Zia pour quelqu'un sans importance. Tu regrettes que le monde soit ainsi fait, où les pierres au soleil et le jour qui se lève tôt ne soient que des instants qu'il faille toujours quitter. Pour aller où ? Pour retrouver quoi ? Toi aussi, secrètement, les tourments de la vieille femme te creusent le cœur, comme la pensée affolante et irréelle de la rentrée des classes, un soir, en rentrant de la mer. Où repartiras-tu bientôt, Manuela ?

Le dîner touche à sa fin et il me faut m'en aller, quitter le jardin de la Zia et retrouver le silence déjà tombé dans ma rue. Peppa sèche les dernières assiettes, le petit frère m'a fait un signe de la main avant de rejoindre sa chambre, Manuela a disparu. Je finis par ne plus être sûr que cette paume fut la tienne, l'autre soir. Il faut que je me lève, que je te retrouve, que je te le demande. Une musique au loin s'est éteinte dans une révérence. Personne ne remarque plus ma présence, je pourrais partir sans prévenir ou rester là jusqu'au lendemain, ça ne changerait rien. La Zia s'est envolée, j'aurais aimé la remercier dans l'espoir de l'entendre me dire :

– Revenez nous voir. Vous êtes ici comme chez vous.

Quand je referme derrière moi la porte de l'immeuble, la nuit est presque tombée. Il y a une ombre qui m'attend assise sur les marches, si tapie contre le mur, avec les genoux si recroquevillés contre elle, qu'il s'en faut de peu pour que je passe sans la voir. Elle m'appelle, elle se redresse d'un bond, me rejoint.

Les enfants sont couchés, et il n'y a personne dans les rues. Ta peau prend la teinte violette de la nuit qui commence. Je n'arrive déjà plus à discerner quelle est celle des vêtements que tu portes. Tes cheveux très bruns semblent vouloir se dissoudre.

– Ça vous ennuie si je rentre avec vous ?

Ton assurance contraste avec ce regard de bête sauvage amadouée sous l'effet de la peur, ou du chagrin, ou de l'angoisse. Nous frôlons le café d'Armando. Les tables sont inoccupées. Quelques assiettes vides, des corbeilles à moitié pleines et des serviettes en boule, des silhouettes au bar que je ne reconnais pas. Tu ne dis rien. Je te regarde ne rien me dire.

Nous continuons à marcher, toi légèrement en retrait, qui me suis sur le chemin de mon quartier. La ruelle est en pente. J'avance plus lentement, je ralentis mon pas, pour que tu oses enfin rattraper les quelques centimètres qui nous séparent et marcher à ma hauteur. Je te demande comment tu occupes tes journées, toute seule, dans cette grande maison, ce que tu fais de ta vie. Ton épaule frotte par à-coups la mienne.

– Regarde.

Quelqu'un a étendu ses jambes sur le rebord d'une fenêtre éclairée et, de la rue, on ne voit plus qu'une paire de pieds nus qui dépasse du cadre.

– Vous avez taché votre chemise.

Elle me montre un point sombre quelque part près de la rangée de boutons. Et puis elle s'approche, pour cueillir la supposée tache que je n'arrive pas à voir, alors je devance son geste, je saisis sa main et la pose à plat sur ma poitrine. Elle approche sa tête comme pour écouter mon cœur battre.

Je ne connais rien de ces yeux miel à la pupille piquée de noir.

Je ne lâche pas sa main et la serre sans retenue dans la mienne, parce que je ne peux plus faire autrement.

Je ne me sens rien qu'un homme qui marche à tes côtés et qui n'imagine pas d'autre avenir possible, j'ai beau te poser encore et encore des questions auxquelles tu ne réponds pas, je ne souhaite pas te déchiffrer si vite, pas déjà ; qu'on me laisse garder pour longtemps encore, peut-être pour toujours, la faiblesse de ne jamais pouvoir te connaître tout à fait, et de continuer à chercher, chaque jour, quelque part dans ces rues que tu traverses et que tu sais mieux que moi, les réponses que tu tais et tes méandres qui s'allongent et s'étirent, qui se recroquevillent ou se boursouflent, comme les pigments d'une aquarelle dans un verre d'eau encore claire.

*

Tous les soirs après l'heure du dîner, Madame Ruffi referme la porte d'entrée. Je m'arrête devant la porte. Je te dis que nous sommes arrivés. Tu tournes la tête à droite et à gauche de la rue.

Il existe un passage entre les deux maisons d'en face pour rejoindre un chemin qui descend vers la mer. C'est là qu'elle m'entraîne. Le chemin est bordé de queues-de-lièvre. Les pas ne font déjà plus de bruit. Au bout du sentier, on tombe sur une roche qu'on agrippe pour descendre sur la plage. Elle retire ses sandales en m'expliquant qu'elles glissent. Les pierres éraflent la peau. Elle les connaît par cœur, et je pose mes pieds là où elle a mis les siens.

La plage est minuscule. Les vagues ne font aucun bruit. C'est l'un des seuls endroits de l'île où l'on trouve un peu de sable. Il est noir, encore tiède. Le jour, il crame la chair, on est aimantés par le sortilège de tout cet ébène, il faut endurer la brûlure jusqu'à ne plus rien sentir qu'un grand vide sous la peau.

Elle ne s'assied pas. Elle ne fait que reposer le poids de son corps contre la roche de la paroi. Elle fouille devant elle avec la pointe de son pied. Je ne sais plus d'où vient la chaleur que je sens, du sable, de la pierre ou de son corps. Je vois mal son visage. Et ses yeux baissés. Je ne vois qu'une veine qui palpite sur sa gorge, et que j'aimerais sentir battre contre ma bouche.

38.

Au début, je ne comprends pas. Tu as parlé trop bas. Le sens des mots m'échappe. Tu redresses vers moi des yeux agrandis par ta propre stupeur. Tu croises tes bras sur ta poitrine. Je m'approche encore pour mieux te comprendre, et tu parles presque dans mes lèvres.

– Je rentre à la fin du mois.

C'est ici que tu m'expliqueras que pour toi aussi, c'est la fin des vacances. Que ça fait longtemps que tu ne vis plus chez la Zia. Que tu n'y es que de passage, pour l'été, et parfois à Noël, au nouvel an, quand tu n'es pas retenue là-bas pour une raison ou une autre. Comme tout le monde, tu viens rendre visite à ce qu'il te reste de famille. Je finis par comprendre que tu habites en ville, mais pas celle que je connais, pas celle où accostent les bateaux, où a accosté le mien, non, la capitale, la ville du continent. Le voyage est long jusque là-bas. Tu m'expliques que tu y fais des études, que tu travailles un peu pour payer ta chambre chez des gens qui te logent. Que tu n'y as pas grand-chose d'autre.

– Des études de quoi ? je te demande doucement.

C'est tout ce que je trouve à dire, et tu ne me réponds pas. Et puis tu t'excuses, tu dis que tu aurais dû me prévenir plus tôt, que tu pensais que je le savais, que je l'avais deviné. Comme si tu attendais de moi que je fasse quelque chose, tu dis ne plus être capable d'y vivre. Tu parles du petit frère, et ta voix commence à se rompre. Tu m'expliques que tu ne peux pas le laisser seul encore une fois. Tu parles du dîner. Tu me racontes que, ce matin, la Zia t'a donné ton billet dans une enveloppe marquée du logo de la compagnie maritime. Tu ne le reconnais que trop bien. Le ton de ta voix monte. Tes mains s'agitent. Tu dis savoir qu'elle va vendre l'appartement. Tu supposes qu'elle m'en a parlé, ou qu'il est possible que je l'aie remarqué, et que ce n'est pas un hasard, ses absences répétées, les pièces vides et les grands draps préparés pour les meubles. Tu dis ne pas savoir ce qu'elle va faire du petit frère, ni *où elle va le mettre*, et que tu as peur pour lui. Que c'est à toi d'y veiller. Que tu ne peux pas retourner dans ton studio, et retrouver cette culpabilité, cette absurdité qui te ronge. Tu parles de l'île. Tu dis que tu ne sais pas où aller. Que tu voudrais un endroit à toi, un endroit où faire pousser tes racines – tu le dis comme ça. Tu dis aussi que tu as besoin de cette plage où tu m'as emmené, qu'elle a beau être la plus proche de chez moi, tu sais que ce n'est pas sur celle-ci que je vais. Et, soudain, tu parles de l'été, de cet été qui s'achève.

Tu parles des leçons, des chaleurs, des absences. Tu parles de tes retours précoces et de ton attente de moi. Tu parles du moment où tu ouvres la porte, et où tu sais que je suis là. Tu dis deviner ce que je pense, que les départs, les sacrifices, les efforts inutiles, c'est la vie de tout un chacun. Tu dis ce que tout le monde dit, qu'il faut gagner sa vie, et que le reste suivra, que c'est une clé de l'existence. Tu dis qu'il est encore temps de faire quelque chose. Que moi je peux faire quelque chose, Manuela ?

Quitter Fermagina, ce serait pour toi comme changer de prénom, et tu retardes ce départ, attendant sans tout à fait y croire que le moment se présente, car il se présentera, tu le sais, indéniable, évident, et toi aussi, tu voudrais échapper à l'appel du temps qui court. De grosses larmes coulent maintenant sur tes joues que je sens s'embraser. Tu t'es arrêtée de parler. La pierre sur laquelle tu t'adosses a fini par se refroidir, et tu dis que tu n'arrives pas à trouver, que tu ne sais pas comment le dire. Que peu de choses dans ta vie ont compté jusqu'à présent. Tu me regardes tout entier. Tu ne clignes même pas des yeux pour faire tomber tes larmes, alors que j'en vois monter le niveau, déformer ta pupille, puis, n'y tenant plus, déborder malgré toi hors de leur cadre.

Que pouvais-je deviner de cette présence narquoise ? Qu'aurais-je pu conclure de ce regard qui ne cille pas ?

Ta bouche est sombre et gonflée comme un fruit débordant d'une sève qui coulerait sur mes doigts.

Ta salive est brûlante. Ta nuque est moite. Tes joues sont poisseuses. Tu accroches mes épaules, tu agrippes ma chemise, puis ma peau, puis mon dos tout entier, pour ne pas tomber à la renverse, pour résister contre une force qui t'entraînerait loin. Tu pleures dans mes bras, contre mon épaule, contre mon parfum, contre mon visage qui mord ta peau, ta peau un peu acide, ta peau au parfum de mer séchée, tu pleures déjà différemment quand j'essaye de mes deux seules paumes de recouvrir ton corps, tes hoquets s'espacent, tes larmes restent en suspens. Tu ne pleures presque plus.

Alors je te le répète, plus doucement encore, je caresse les arcades de tes yeux miel bleuis par la nuit : il y a une maison, une *ancienne poste* qui n'en est pas une, elle est là-bas, derrière la falaise, derrière le village, à cette heure-ci elle est plongée dans le noir, il y a des marches où tu m'attends, et une chambre, une petite chambre avec un grand lit aux draps propres que nous mettrons, des carreaux sur le sol et des trous dans le toit à réparer. Il y a les vitres de la cuisine et les chevaux au galop de l'évier. Il y a enfin une grande terrasse avec la mer au bout. Il y aura assez de place. Je lui raconte qu'il y aura bientôt des postes de professeur à l'école du village, Armando me l'a dit, m'a encouragé à m'y présenter. Nous irons chercher ses affaires sur le continent, dès demain si elle me le demande. Je dis cela d'un grand geste fougueux de la main. Nous partirons sur-le-champ. Elle rit en tremblant à mes histoires. Elle n'aura à dire au revoir à personne. La Zia ne fera pas attention à elle,

elle partira de plus en plus souvent, de plus en plus longtemps, elle sera tellement occupée par sa nouvelle maison qu'elle nous oubliera, jusqu'au jour où, comme ses anciens amis, elle nous enverra de temps en temps une carte postale avec trois mots écrits. C'est tout ce que nous saurons d'elle. L'appartement sera vendu, et alors, Manuela, il en sera fini des grandes pièces vides. Et pour le petit frère, qui sait ? Peut-être se trouvera-t-il si bien là où il sera qu'il ne voudra plus en partir, qu'il deviendra le jeune homme qu'il doit être, il reviendra et nous ne le reconnaîtrons plus, il finira par trouver l'endroit où il construira ses bateaux et explorera ses étoiles.

Tu accordes ton souffle au silence de la mer. Il en fallait de peu pour que tes taches de rousseur, tes confettis de fin de carnaval, ne se décollent et soient entraînées par tes larmes. J'y pose les lèvres comme pour m'assurer de leur résistance, pour y boire les dernières traces de sel qui risqueraient de les ronger. Je fouille à pleines mains le feuillage de tes cheveux. Je murmure à ton oreille, pour que personne ne l'entende, pour que rien ne l'emporte. Je pose ma main sur ton ventre et j'appuie doucement, assez pour sentir ton abdomen qui pulse sur ma paume, assez pour t'ancrer à elle et au monde, assez pour que tu sois sûre de moi.

Nous marcherons toujours ainsi, les réverbères ou le soleil striant d'ombre les pavés. Cela suffira pour achever les heures d'aujourd'hui et être encore là aux suivantes, pour n'y faire rien d'autre que ça, veiller à ta joie comme un jardinier à ses jeunes pousses, comme un météorologue à ses ciels, pour m'oublier totalement dans cette place que je me creuse près de toi et sur le sol de laquelle s'imprime, jour après jour, la forme exacte de mon corps.

39.

J'ai couru depuis chez moi mais j'arriverai trop tard. La Zia emmène le petit frère en visite au collège le plus proche. Chaque année, les familles se pressent des quatre coins de l'île pour visiter l'établissement qui leur ouvre ses portes. Une école comme tant d'autres, ni meilleure ni pire que sa voisine – le choix est de toute façon limité.

La Zia dit qu'en rencontrant les professeurs dès maintenant, il aura une chance supplémentaire d'être pris. Elle dit aussi qu'une connaissance pourra lui mettre de côté une chambre seul à l'internat. Elle veut l'habituer à sa nouvelle vie. Et elle aussi peut-être.

Bien sûr, le petit frère n'aura pas donné son avis. Je ne l'imagine pas assez docile, ni aussi fragile qu'on le prétend pour se laisser ballotter contre son gré. Mais je me rassure peut-être comme je peux. Le collège est à deux heures de route. Elle a commandé un taxi qui viendra les prendre derrière la Place. Ils dormiront là-bas, et ne rentreront que demain.

De la ville, je ne me souviens que de l'arrivée en bateau sur une eau agitée, du front de mer aux immeubles bas et des cotillons humides d'un mariage qui venait d'avoir lieu. Les premières boutiques alignaient sur des présentoirs devant leur vitrine des bougies aux cires multicolores, parées de rubans et de perles. Chaque membre de chaque famille allumerait la sienne lors de la veillée de Pâques qui approchait. De petits gâteaux aux bords pincés garnis de fromage frais se vendaient à chaque coin de rue. Quelques mères surveillaient de tout petits enfants qui remuaient l'eau assis au bord d'une flaque laissée par la marée.

Avant leur départ, la Zia m'avait demandé de passer pour me remettre en main propre l'argent des leçons qu'elle me devait. En apercevant l'heure au cadran de l'épicerie, je compris que je les avais manqués. J'avais pris du retard chez une famille.

Mes élèves de devoirs de vacances sont de plus en plus nombreux et mes journées se chargent de rendez-vous partout dans le village. J'aurai du travail pour l'année à venir, cela me rassure. Lucio m'encourage à louer une salle où ils se rendraient après avoir pris rendez-vous, mais jusqu'alors, je ne me suis pas senti prêt à fonder ce que très sérieusement il appelle ma « propre entreprise ». Il me le répète maintenant à chacune de nos rencontres. Comment me résoudre à renoncer aux maisons que je visite, aux intérieurs qui ne se ressemblent pas, aux odeurs que je reconnais, aux semaines qui passent… En dernier recours, je me rappelle à moi-même que je n'ai aucun diplôme pour témoigner de ce que je fais, et qu'en somme je ne suis pas professeur.

Le jour décline de plus en plus tôt. Les minutes se perdent, c'est de l'eau qui s'évapore. On cherche le soleil sous lequel s'allongent les ombres. Quand la lumière décline, tout ce que le jour a déposé d'odeurs sur les vêtements, sur la peau, dans les cheveux, infuse dans l'air épaissi. Est-ce pour cela, ou pour autre chose encore, que j'arrive maintenant à sentir ton parfum, tes fleurs d'Osmanthus, depuis la cage d'escalier ?

Elle est restée toute seule dans l'appartement. Elle lit sur un fauteuil, s'éclairant par une dernière tache de lumière à travers les stores. Elle a les cheveux mouillés, noués en un chignon serré par un élastique rouge. Les ombres des fenêtres s'alanguissent sur le parquet. Il y a des papillons sous un globe, dans un coin de la pièce. Une petite pendule indique sept heures passées. Le parquet craque sous mes pas. Sa peau bleue d'hier est orange ce soir. Ses confettis frémissent, comme des paillettes renversées.

– *Sono andati via.*

– Je sais. J'ai couru…

– Ça ne fait rien, murmure-t-elle. Je crois même qu'elle a oublié votre rendez-vous. Elle a laissé l'enveloppe sur la table.

Elle m'indique l'entrée de la main. Ma chemise boit l'eau de son chignon.

– Tu es toute mouillée.

Elle ne porte pas de robes, pourtant ce soir elle en a une, dont le pan retombe froissé entre les jambes.

Elle a relevé son genou, comme elle avait l'habitude de le faire sur le fauteuil du *séjour*.

Il suffit de faire glisser les bretelles. La pièce n'est qu'un camaïeu de brun dont la pointe de ses seins est la teinte la plus foncée. Le livre est ouvert sur la tranche, posé à plat sur sa cuisse. Ma peau est devenue aussi sombre que la sienne. Le fauteuil n'est pas large, mais ses accoudoirs en berceau me laissent une place, à genoux devant elle. J'attire d'un geste, en le faisant glisser sur le cuir, son bassin vers mon visage. Il suffit de soulever le pan court de la robe. Les poils courts de son sexe sont de la même couleur que ses yeux. Je découvre qu'il n'y a qu'un seul endroit de son corps qui ne soit pas salé, mais légèrement sucré, et ce sucre sur ma langue, sur mon palais, dans ma gorge, est un sirop qui coule comme la sève d'une plante que l'on mordille. Quand j'ouvre les yeux et que mon regard glisse le long de la pente lisse de son ventre, rebondit sur sa poitrine, serpente sur sa gorge, et s'enfonce dans ses lèvres entrouvertes, je découvre ses yeux sur moi, comme deux pièces de vitrail illuminées de l'intérieur.

Quand nos ventres se touchent, quand je m'allonge en elle, je crois entrouvrir une cellule à l'intérieur obscur qui m'échappera toujours, et lorsque je me mets à penser qu'il n'y a, après tout, qu'un ou deux millimètres de peau entre l'intérieur de son ventre et le mien tendu vers son centre, j'ai l'impression d'un mystère qui m'est donné sans qu'il ne me soit possible de le résoudre. Je me presse alors contre elle comme une boîte perdue dont il manque le couvercle, allant aussi loin qu'il m'est possible de me perdre.

Enfin, tu finis par fermer les vitraux de tes yeux, et tu danses contre moi, d'une danse rude, impatiente et souple, qui balance nos corps et nos souffles au-dessus de la pièce, tandis que le jour jette ses derniers feux à travers les stores, sur le mur d'en face, sur le fauteuil chiffonné, sur les papillons dans leur globe, sur toi, sur moi, sur la banquette étroite du salon qui te délimite dans un cadre et tes bras, tour à tour étendus au-dessus de ta tête ou agrippés à mes hanches, et tes deux seins roux d'étoiles de mer, forment le centre, les fuites, les arcs et les courbes d'un pays doré où je retrouve, prince, les palais d'autrefois.

40.

Il fait presque froid. Dans des armoires, nous trouvons de vieux pulls rapiécés, des pulls d'homme dont elle ne m'explique pas la provenance. La laine sent la naphtaline. Les boutons des cols se détachent.

Le salon est plongé dans le noir. Nous nous dirigeons à tâtons jusqu'à la cuisine, avec ses carreaux blancs qui emprisonnent les restes de lumière. Nous mangeons ce qu'on y trouve. Quand Manuela parle, sa voix est basse et rauque. Assise en tailleur sur un tabouret, elle dévore en face de moi un morceau de pain, une tomate jaune, une tranche de fromage. Je la regarde manger. Je regarde ses pieds sous la table. Elle croque dans une pêche, puis dans un morceau de chocolat. Elle se lève, applique avec précaution ses lèvres contre mes lèvres, et de sa bouche à la mienne fait glisser avec sa langue une bouchée de fruit parfumé au cacao, alors je raconte, sans pouvoir m'arrêter : mon accident sur la route de retour d'Abidjan, le mariage aux tenues de contes dans la salle attenante au restaurant où je me suis retrouvé, la séance d'exorcisme à Yoff, les quatre hommes qui ont surgi de la foule et qui ont hissé une jeune fille en transe, inerte, à bout de bras au-dessus de leur tête, et le jeune Sénégalais qui m'a entraîné au loin, de peur que le *n'dep* n'entre en moi.

*

Il ne reste que des assiettes vides. En automne, les cloches de la chapelle ne sonnent plus après la tombée du jour. Le temps est suspendu jusqu'au lendemain. Elle pince ses lèvres et regarde autour d'elle.

– J'aimerais te montrer quelque chose.

L'appartement est plus grand que jamais. Elle ouvre une porte perdue au milieu du passage. C'est la première fois qu'on m'emmène plus loin que le *séjour*.

La pièce est un cagibi qui ne peut accueillir qu'une petite table de travail et sa chaise. Un halogène en toile éclaire la pièce. Manuela me raconte qu'il y a plusieurs années, elle avait « failli foutre le feu à tout l'appartement », à cause d'une vieille ampoule trop forte qui avait brûlé le tissu. Elle me montre les larges taches brunes qui en recouvrent tout un pan. Les quatre murs sont tapissés de draps rouges très sombres. Imprimés dessus d'une teinte plus claire, de petits singes se tirent la queue.

– Tu as vu, me montre-t-elle en se penchant vers les dessins. Si je pouvais ne garder qu'une seule chose d'ici, ce serait eux…

Les pieds de la table ont été surélevés par quatre rondins de bois. On a bouché un trou dans le plateau par un carreau de ciment, sur lequel se détache la silhouette d'un personnage à califourchon sur un dauphin.

C'est là que tu t'installes pour travailler. C'est ici qu'on te laisse tranquille. Tu as trouvé le moyen de t'y enfermer de l'intérieur en bricolant un crochet en fer trouvé à la cave. Le reste du temps, la porte n'ayant plus de clé, tu ranges ton travail dans le tiroir du bureau. Dans cet appartement aux courants d'air, tu as délimité ta place comme tu le pouvais.

Un carton à dessin est ouvert par terre, sur le sol et sur la table se chevauchent des feuilles de papier. Des croquis, des peintures, des mots griffonnés. Manuela dessine et peint sur des feuilles cartonnées de différents formats. Quand son travail est fini, avant de quitter la pièce, elle dépose un grand tablier brun sur le dossier de la chaise. Elle laisse parfois, sans faire exprès, goutter des taches de peinture sur la vieille moquette.

Je soulève les planches du bout des doigts. Je ne sais pas par où commencer. Au milieu des papiers, plusieurs feuilles sont maintenues les unes aux autres à l'aide d'une ficelle.

– C'est un livre. Un livre pour enfants.

Sur la page de garde, un titre : *La Promenade en mer*. Les feuilles sont épaisses. À travers les dessins et dans les marges laissées blanches, on devine encore les fibres drues du papier. Un texte est tracé à l'encre bleue. Elle me dit qu'elle a passé des jours entiers sur le port pour saisir les pêcheurs à chaque heure de leur travail. On les voit raccommodant leurs filets, déchargeant le poisson sur la grève ou, comme sur la première page, au petit matin, soufflant sur la vapeur de leur café, tirant sur leur dernière cigarette.

Un portrait de l'un d'eux, cadré aux épaules, occupe une page entière. La fumée de son mégot recouvre en partie son visage. Il sourit, gêné, comme s'il n'avait pas l'habitude qu'on s'intéresse à lui, s'excusant qu'une page lui soit toute réservée. Il nous regarde les yeux dans les yeux, ses tempes un peu tombantes. Je le reconnais. Moi aussi, je l'ai déjà rencontré. À la page suivante, le cadre est resserré sur ses mains, paumes tournées vers le ciel. Il présente quelques-unes de ses prises. *La pêche a été bonne. Aujourd'hui encore, la mer a été généreuse*, peut-on lire dans le bleu de la légende. Quelques gouttes de sang perlent des écailles éraflées. Par terre, des bouts et des cageots se disputent le vieux bitume du port.

Longtemps, je regarde les images. Je ne tourne pas les pages tout de suite. Souvent aussi, je reviens en arrière pour mieux voir un détail que j'aurais passé trop vite. Je crains de tacher le papier entre mes doigts.

Les pêcheurs ont les cheveux en bataille et les premiers clients du matin arrivent. Le soleil est bas. Les femmes couvrent leur tête avec des tissus fleuris. Un petit garçon caresse un chien qu'il appelle Lino. Dans les pages suivantes, Manuela remonte le temps pour retracer l'histoire de la pêche et du marché. C'est encore la nuit, puis l'aube gracieuse, la mer bleu profond, dont la couleur change d'une page à l'autre. Le bateau longe les côtes de l'île dans la longue ombre des montagnes. Les animaux sont presque tous réveillés. Les corniches et les falaises dessinent des bouches, des narines et des silhouettes en contre-jour. L'île parle et les pêcheurs écoutent.

Le garçon au chien est du voyage. Il est monté pieds nus dans le bateau. Les pêcheurs lancent les filets. L'eau est de nacre, maintenant que le soleil s'est levé. En revenant vers le port, non loin des côtes, ils chargent le garçon de plonger pour vérifier les pièges. Il attendait ce moment depuis longtemps. Muni d'un couteau coincé dans un élastique sur son bras, il en profite pour décoller des oursins qu'il glisse dans un filet. On lui a prêté un masque de plongée cerclé de rouge.

Après le marché, c'est le retour à la maison. Les pieds nus de l'enfant foulent maintenant le sol d'une cuisine. On les voit se dresser, petits, hauts sur leurs pointes, pour le laisser admirer les fruits de sa cueillette. C'est le milieu du jour et chez lui, personne ne se doute de tout ce qu'il a vu. Sur la dernière page, sur une table mise avec des assiettes dépareillées repose un plat de pâtes fumant, recouvert de quartiers d'oursins fluorescents au goût de fleur. La mer au loin est étale et bleue, comme un habit de travail. Allongée à côté de moi, Manuela a fermé les yeux et s'est peut-être endormie.

41.

Les heures de la nuit se sont échappées et c'est déjà le jour, impatient, qui s'est levé avant tout le monde. Des oiseaux s'ébrouent dans les bosquets du jardin. Les hirondelles ne filent plus dans le ciel, ni le soir ni le matin. C'est fini, et je m'en rends à peine compte.

Le soleil se dresse, cuivré, entre les feuilles flapies des arbres. Le monde s'imprime sur ma rétine comme sur la pellicule d'un vieil appareil photo. Je ramasse les assiettes vides et les miettes du dîner. Je me doute qu'il ne vaut mieux pas que Peppa les découvre en arrivant. Je trouve sur une étagère de quoi faire du café. Le reste des placards est vide. Aucune boîte de conserve, aucun paquet de pâtes, de sucre ou de farine, nulle part. Les parois du réfrigérateur résonnent de tout l'espace qu'on y trouve. Manuela dort encore. J'ignorais qu'il pouvait être si doux de veiller, dans une cuisine de septembre, sur le sommeil de quelqu'un.

Que comptes-tu faire de ces albums pour enfants ? Il faudrait que j'en parle à Lucio. Il faut que je lui dise de m'aider à trouver quelqu'un en ville pour s'y intéresser. Il faut que nous fassions quelque chose de *La Promenade en mer*. Et de tous les suivants.

*

Peppa ne devrait pas tarder à arriver. La Zia et le petit frère non plus ne doivent pas être bien loin. Vient le temps de retrouver ses habits égarés, de remettre en ordre la banquette, de ranger les pulls dans leurs placards.

Debout dans le vestibule, je l'attends. Il y a dans la coupelle une enveloppe à mon nom, mon argent du mois dont je ne veux même plus. Elle me rejoint, son chemisier rouge du premier jour et son carton à dessin sous les bras. Ses yeux sont si clairs qu'ils en sont presque jaunes. Elle retient mon bras qui s'apprête à sortir. Elle m'entraîne jusque dans la cuisine qu'elle ouvre sur l'escalier de la cour. Nous passons en silence devant les fenêtres des deux étages aux volets encore fermés. À pas de loup, nous traversons le jardin. Son bras n'est pas assez long, le carton menace de lui déboîter l'épaule et lui blanchit le bout des doigts qui peinent à le maintenir contre elle.

C'est une porte qu'on ne remarque pas, même du haut des escaliers, toute cachée qu'elle est derrière les derniers arbustes. Le lierre qui la retenait au mur craque et se rompt quand on essaye de l'ouvrir. C'est à l'odeur que je devine sur quoi elle ouvre. La Zia cache dans Fermagina un garage qui peine à contenir une seule voiture.

– Le plus simple, c'est encore de passer par le coffre, souffle Manuela.

Toute petite, blanche, avec ses deux rayures vertes et violettes sur ses côtés et son capot, la voiture sent la vieille essence et la moquette chauffée tout l'été.

– Mais… Tu sais conduire ?

Elle démarre le moteur, et, par la rue, nous nous évadons comme des brigands.

12.

Je retourne souvent en ville avec la vieille voiture de la Zia. Il arrive que nous allions prendre notre petit déjeuner au café en nous levant plus tôt. Le serveur nous reconnaît, sans savoir notre nom. Nous allons voir le marché, plus grand que celui de Fermagina où l'on ne trouve pas toujours ce qu'on veut. Il est rare que nous revenions en ayant acheté quelque chose. Le spectacle des étals nous suffit.

Le livre de Manuela est parti sur le continent. Nous attendons. C'est le petit frère qui se charge de remonter le courrier, le cœur battant.

Les jours où je ne donne pas de leçons – Manuela dit « les jours où je n'ai pas école » – je roule jusque là-bas. Je m'assieds sur la plage près du port pour regarder les allées et venues des bateaux navettes. Les visiteurs se font de plus en plus rares avec l'entrée dans l'hiver. Il n'y a plus que des natifs ou des habitants des îles voisines qui viennent ici par pure nécessité. Je peux rester longtemps à regarder le visage des voyageurs.

J'essaye de deviner ceux qui reviennent d'une longue route et ceux qui connaissent le trajet par cœur, ceux qui n'ont même plus besoin de regarder devant eux pour savoir où ils vont. J'essaye d'imaginer ce qu'ils attendent, les raisons de leurs départs, les buts de leurs arrivées. J'essaye de trouver ceux qui me ressemblent.

Certains hésitent sur le bord du quai. D'autres tirent des valises qui accaparent toute leur attention, arrivent en groupe, ou n'ont visiblement pas supporté la traversée par mauvais temps. Du pont, les enfants se penchent pour regarder les manœuvres d'accostage.

C'était un matin de décembre, un peu après le déjeuner, ces heures où les bateaux sont presque vides. C'était le premier jour de vrai froid, et j'étais venu pour trouver de quoi me couvrir. Des nuages se formaient à l'horizon d'un ciel encore dégagé à mon départ. L'humidité brassait des odeurs d'algues et de ferraille mouillée. Le vent se levait, les voyageurs tenaient leurs écharpes contre eux et coinçaient leurs cheveux derrière leurs oreilles.

Au début, je ne la reconnus pas. J'hésitai, à cause de ce visage qu'elle me présentait de face et que je ne connaissais pas ainsi. Ce n'est que lorsqu'elle toucha terre et qu'elle regarda autour d'elle que se rappela à moi, dans ce mouvement de tête, dans cette ligne du menton, la fille de la photo de Lucio. Elle avait froid, dans son long manteau foncé. Elle releva son col et le maintint avec sa main. Elle tenait un sac de voyage qui me rappela le mien et qui devait peser lourd, puisqu'elle le posa à ses pieds.

Ça ne dura pas longtemps. Elle était restée immobile sur le quai en tournant seulement la tête de droite à gauche. Elle attendait quelqu'un. Soudain, son visage s'éclaira, elle cessa de s'agiter, elle avait trouvé celui qu'elle cherchait, celui pour qui elle était venue, et elle saisit son sac, oubliant le froid qui la glaçait, pour se diriger, en courant, vers les quelques places de parking que je ne pouvais voir, cachées derrière l'hôtel du port.

43.

Je me souviens. Ce premier matin, ce lendemain de la première nuit, sur le chemin du retour, dans une voiture blanche qu'elle savait effectivement conduire, Manuela avait agrippé ma cuisse de sa main libre et le regard à l'horizon m'avait dit, comme si c'était moi qui devais m'en aller :

– Attends-moi. Je viens avec toi.

Je n'ai pas oublié tes mots. Je n'ai pas non plus oublié la première fois où je t'ai emmenée voir l'*ancienne poste*, ni les draps aux singes que tu veux récupérer de ton ancien bureau. En me regardant, dans les moments où je ne m'y attends pas, tu dis parfois avec le naturel qui est le tien que tu voudrais un enfant qui me ressemble. Tu dis avoir envie de nager dans la mer avec mon enfant en toi.

Tu sais, j'ai pensé, je mettrai une grande baignoire dans la salle de bains. Certains soirs, de plus en plus souvent au fil des mois, lorsque tu seras fatiguée par tes dessins, par tes nages et par l'eau dans ton ventre, tu viendras t'y reposer, et lorsque je t'y surprendrai, au retour de mes leçons ou de mes derniers travaux sur le toit, je viendrai t'y rejoindre.

pca
cmb
édition pré-presse
livres numériques

44400 Rezé

IMPRIM'VERT®

Achevé d'imprimer
en novembre 2024
par Corlet Imprimeur
14110 Condé-en-Normandie

Dépôt légal : novembre 2024
N° d'imprimeur : 24100358
Imprimé en France